G000160823

Françoise Dolto (1908-1988), pédiatre de formation, a été la pionnière de la psychanalyse des enfants en France (*Psychanalyse et pédiatrie*). Elle a privilégié le rôle du désir, du langage et de l'intersubjectivité. Elle a participé à la fondation de l'École freudienne de Paris avec Jacques Lacan, mais ne met pas comme lui autant l'accent sur l'inconscient comme structure. Elle a également travaillé dans le domaine de la psychose (*Le Cas Dominique*), enrichi les notions d'image du corps et du schéma corporel, contribuant ainsi à la théorie de la sexualité féminine. Acceptant de communiquer son expérience aux éducateurs et aux parents, elle a bénéficié de son vivant d'une grande notoriété.

Françoise Dolto

ENFANCES

Éditions du Seuil

L'édition originale de cet ouvrage a paru sous forme
d'album illustré d'un cahier hors-texte de
photographies d'Alécio de Andrade.

TEXTE INTÉGRAL

ISBN 978-2-02-036425-6
(ISBN 2-02-009388-X, 1ʳᵉ publication)
(ISBN 2-02-010304-4, 1ʳᵉ publication poche)

© Éditions du Seuil, novembre 1986

Le Code de la propriété intellectuelle interdit les copies ou reproductions destinées à une utilisation
collective. Toute représentation ou reproduction intégrale ou partielle faite par quelque procédé que
ce soit, sans le consentement de l'auteur ou de ses ayants cause, est illicite et constitue une
contrefaçon sanctionnée par les articles L. 335-2 et suivants du Code de la propriété intellectuelle.

Au cours d'une réunion amicale, où l'on parlait à bâtons rompus des souvenirs de chacun, Françoise Dolto fut interrogée sur les siens par sa fille Catherine. C'est cet entretien qui a été transcrit dans les pages qui suivent. Nous avons voulu laisser intacte la vivacité des propos, et que transparaisse aussi la curiosité d'une fille qui avait déjà interrogé d'autres témoins de l'enfance de sa mère. Cette enfance et cette jeunesse se trouvent donc ici restituées telles que Françoise Dolto a pu les revivre.

Les yeux ronds

Il était une fois Françoise Marette toute petite...
Comment ça se fait que les grandes personnes
ne comprennent pas les enfants ? Ça, c'est une
des choses qui, pour les enfants, est très, très sur-
prenante : d'abord parce que les enfants croient que
les grandes personnes savent tout jusqu'au jour où,
en questionnant sur la mort, ils s'aperçoivent soit
que les grandes personnes ont peur de parler de la
mort, soit que les grandes personnes, si elles leur
disent la vérité, ne savent rien sur la mort ; alors, ce
jour-là, les enfants sentent que les grandes personnes ne font pas exprès de ne pas les comprendre. Les enfants comprennent, ce jour-là, que
c'est très drôle de vivre, puisque personne ne comprend ce que ça veut dire. Là-dessus, suivant les
enfants, ou bien ils veulent oublier qu'ils ne comprennent pas ce que c'est de vivre, et ils font semblant de comprendre des toutes petites choses de
tous les jours pour s'intéresser à ça et fuir comme
font les grandes personnes ; ou bien ils restent en
quelque façon des poètes, et tout ce qui est mystérieux, ça fait partie de ce qui les fait vivre : ils

aiment ce qui est mystérieux, ce qu'on ne peut pas toucher, ce qu'on ne comprend pas, et ce qu'on ne comprend pas, c'est pour eux ami, ça devient ami, je crois.

Tu t'en souviens, toi, de ces jours-là, quand tu étais petite ?

Ah ! oui, j'ai été au moins trois jours schizoïde ; et je me souviens très bien de l'endroit où j'ai découvert l'ignorance des adultes. C'était à côté de la passerelle qui franchit le chemin de fer de ceinture, au bout de la rue du Ranelagh[1]. Tous les jours nous allions par là nous promener, avec l'institutrice qui s'occupait de nous à la maison et qui m'a promenée, moi, depuis l'âge de quatre ans ; donc, c'était peu après que j'ai eu quatre ans, entre quatre et six ans, puisque je n'allais pas encore en classe. C'est cette institutrice qui m'a appris à lire et à compter bien avant que je suive une classe. Je suis allée en classe après six ans. Chaque fois que nous montions sur la passerelle, j'espérais qu'il y aurait un train qui passerait en dessous, comme tous les enfants ; et quand le train passait, on était remplis de fumée, et naturellement j'aimais beaucoup ça, contrairement à la grande personne qui ne comprenait pas du tout qu'on aime être pris dans la fumée. C'est comme de marcher exprès dans les flaques d'eau pour faire des éclaboussures. Les grandes personnes ne comprennent pas que c'est amusant.

1. Cette passerelle, qui reliait le boulevard Beauséjour aux jardins du Ranelagh, non loin de la gare de La Muette, a été détruite il y a quelques années et remplacée par un passage souterrain (N.d.É.).

Françoise Marette à deux ans.

C'était magique, la fumée ?

La fumée, c'est surtout le fait que le monde disparaissait et qu'on se croyait dans le ciel, c'est ça qui était merveilleux, de ne plus rien voir, et tout d'un coup ça revenait, et d'entendre sous soi ce grand bruit qui passe et qui fait peur sans faire peur, mais un peu. Alors, à ce moment-là, je me disais toujours, en descendant la passerelle, puisque, après l'avoir montée, on la descend de l'autre côté de la voie du chemin de fer : « Il faudra tout de même qu'elle me dise ce qu'il y a après la mort. » C'était toujours à ce moment-là.

En revenant du ciel...

En revenant du ciel, il faudra tout de même qu'elle me le dise. Et puis j'oubliais plus ou moins en jouant, en courant après mon cerceau... et un jour, je me suis dit : « Faut pas que j'oublie », parce qu'elle était toujours partie devant pour ne pas recevoir la fumée, alors moi, je restais dans la fumée et puis je descendais, et je courais pour la rejoindre. Mais tout en courant, j'avais oublié ma grande question ; alors, un jour, je me suis dit : « Faut pas que j'oublie ma grande question », et je courais. « La question, la question, faut pas oublier, faut pas oublier, après la mort, après la mort, après la mort... » Je courais après elle qui se trouvait être après la mort. C'est vrai, d'ailleurs, quand nous courons après les grandes personnes, nous courons après nous quand nous serons grands, c'est-à-dire morts à notre enfance. Nous courons après notre mort, tous, nous courons notre vie. Alors, je suis arrivée et je lui ai dit : « Cette fois-ci, faut pas que

Françoise à deux ans,
chez sa grand-mère et son grand-père paternels

j'oublie, et puis faut que vous me disiez la vérité sur qu'est-ce qu'il y a après la mort. » Là, elle a pris un air ennuyé, grave, et elle n'a rien dit, un bon moment. Et moi : « Mais ça, cette fois-ci, je veux le savoir. » Et je me cramponnais à son bras en sautillant pour qu'elle ne puisse pas… Je me rappelle très bien. Et alors, elle m'a dit : « Mais tu sais, voyons Vava, comme ça, tu sais bien : le corps, il s'enterre (elle a dû dire : "on l'enterre"), et puis l'âme elle va au ciel… – Au ciel, au ciel, c'est quoi, comment c'est ? – Bien, on dit que… – Enfin, vous ne savez pas ? » Elle m'a dit : « Non, je ne sais pas. On le croit, mais personne ne sait. » Et alors là, il paraît, elle me l'a dit après, que je n'ai plus rien dit de la promenade et que, quand on est rentrées, je suis allée près de la fenêtre ; d'ailleurs toujours la mort, la fenêtre.

Pourquoi la mort, la fenêtre ?

Parce que la fenêtre, la première fait-naître, voir la lumière, c'est la mort du fœtus, pour que le bébé ait la vie… Et puis, il y a le mot même en français : fait-naître, feu-n'être, feu-naître… C'est quelque chose autour du sens à éclairer de l'être ou l'être pas.

Ah ! fœtus-naître…

Mais oui, sûrement que c'est à cause de cela. Et je me rappelle très bien que j'étais accroupie près de la fenêtre et que je réfléchissais… « Alors, mon père non plus ne sait pas, ma mère non plus ne sait pas, ces gens que je vois dans la rue ne savent pas. Comment est-ce possible ? Ils vivent bien et ils ne savent pas. Comment est-ce possible de ne pas savoir ce

qu'il y a après et de bien vivre ce qu'il y a avant ? »
J'étais très, très étonnée.

Cela a duré deux jours et puis c'est tout. Je me suis remise dans la vie, en sachant définitivement que les grandes personnes vivaient dans la même… enfin, dans l'ignorance de ce qui est le plus important… Il y avait une limite au savoir, au savoir des grandes personnes. À partir de ce moment-là, certainement, quelque chose a changé dans mes rapports aux grandes personnes. Les grandes personnes étaient des personnes limitées par rapport au savoir, et donc personne ne savait… Et alors je comptais les gens qu'il pouvait y avoir eu depuis Adam et Ève. Déjà, je comptais le temps qu'il y avait depuis mon arrière-grand-mère, et d'après ça je comptais, je ne savais pas compter d'ailleurs, et alors, je comptais en mettant des choses : combien il y avait de personnes comme ça… À ce moment-là, j'ai certainement eu un petit moment obsessionnel pour compter combien il y a eu de gens-choses depuis Adam, parce que lui, Adam, il devait savoir, puisqu'il était le premier. Je me disais : « Lui, il doit savoir. » Puis un jour, je me suis dit : « Mais Adam ne savait rien », et ensuite je me suis dit : « Mais enfin c'est terrible, et encore plus si on ne mourait pas, parce qu'alors, d'abord on ne saurait jamais. » Heureusement qu'on m'avait raconté l'histoire du péché originel. « Heureusement qu'ils ont fait le péché, parce qu'alors, qu'est-ce qu'on ferait sur terre, on serait tous tassés si personne n'était mort. » C'était terrible. « On serait tellement tassés puisque, s'il n'avait pas fait le péché, personne ne serait mort ; alors, on aurait les lions, les éléphants, tout le monde, tous les animaux, personne ne serait mort, puisque soi-disant c'était leur punition de mourir. » Et puis, je me disais : « Ils devaient pas savoir ce que ça voulait dire, mourir, puisque ça ne leur était pas arrivé et aux autres créatures non plus. » Moi je ne comprenais pas plus…

Et alors, ça s'est terminé, tout ça, c'est très curieux, ça s'est terminé avec une frousse épouvantable que je sois oubliée et que je ne meure pas. Je me disais : « Mais c'est terrible s'il y a des gens oubliés et qui ne meurent pas », et quand je voyais des gens très vieux, je me disais : « C'est terrible, ils sont oubliés, puis leurs enfants, leurs petits-enfants vont mourir, personne ne saura plus qui ils sont et ils vont rester, ils seront oubliés, et puis alors, eux, ils ne sauront jamais comment c'est la mort, puisqu'ils n'iront pas. »

C'est au même âge ?

Non, c'est plus tard. Tout ça, ça s'est déroulé dans mon souvenir en temps mêlé et alors je pensais au corps des morts qu'on enterrait. « C'est terrible, il faudra toujours qu'ils restent au même endroit parce qu'ils ne peuvent plus remuer. » L'idée, finalement, que vivre, c'est bouger jusqu'au jour où l'on part, on ne sait pas comment, pour découvrir ce que ce sera.

Après ? Eh bien, je ne sais pas. Le temps passait. Je vivais. Et puis j'ai eu la vraie mort de mon oncle que j'adorais, qui était mon oncle œdipien, et aussi mon parrain, le frère de Maman, qui a été tué à la guerre. Il a d'abord été blessé, deux fois. Revenu, décoré de la croix de guerre… et reparti. La troisième fois, il en est mort. Tu vois, il y avait eu des questions métaphysiques, si l'on veut. Et puis la guerre est arrivée là-dessus.

Celui qui t'appelait sa fiancée ?

Oui. Je me considérais vraiment comme sa fiancée, pour de vrai.

Tu avais quel âge ?

J'avais cinq ans et demi quand la guerre a commencé, sept ans et demi quand l'oncle Pierre a été tué. Il était capitaine de chasseurs alpins. Là, ça a été le vrai deuil humain, ça n'a plus été des questions qu'on se pose dans l'abstrait. C'était tout à fait différent. Ce qui est curieux, c'est les questions qu'on se pose dans l'abstrait : la mort, c'est abstrait. Tant qu'on n'a pas vu des gens mourir, on a vu des enterrements, on ne sait pas ce que cela veut dire, ce n'est pas des gens qui vous tiennent à cœur.

J'avais tout de même eu… Je crois que la question a dû se poser parce que mon grand-père, le père de ma mère, est mort quand j'avais quatre ans. Mais là, je ne m'en souviens pas. Je me souviens de lui vivant, dans leur jardin, mais je ne me souviens pas du tout, du tout, du moment de sa mort. Tandis que je me souviens de la passerelle… et c'est très important cette passerelle, parce que c'était avant que nous ayons déménagé, donc avant la naissance de Philippe, qui est né trois mois après la mort du grand-père, donc c'était avant quatre ans et demi. C'est probablement entre pas tout à fait quatre ans et quatre ans et quart que toutes ces questions se sont posées à moi, c'était donc, j'en prends conscience aujourd'hui, après la mort de mon grand-père maternel. Après, nous ne prenions plus la passerelle, ou c'était très rare, puisque nous habitions à un autre endroit. Avant, il fallait prendre la passerelle pour aller se promener ; après, c'était seulement quand on allait se promener en sortant du cours qui, lui, n'était pas loin de la passerelle : alors, on la prenait parfois, mais généralement on revenait droit du cours à la maison. Et puis cette question, c'était avant l'école, bien avant. C'était avant même que j'aie appris à lire.

Tu étais triste de ne plus prendre la passerelle ?

Pas du tout, c'était une aventure quand on la prenait, mais on n'avait plus beaucoup de chances de tomber au moment d'un train, comme avant où l'on y passait tous les jours, matin et soir. Oui, on allait se promener et on revenait tous les jours par là, matin et soir. Il fallait marcher, prendre l'air. C'était rituel. Donc, on avait quatre fois par jour l'occasion de prendre la passerelle, et il arrivait assez souvent en effet que le train passe, tandis qu'après, comme on y allait environ une fois tous les deux mois, il n'y avait pas souvent de train qui passait, il n'y avait pas beaucoup d'occasions. C'est drôle, tous ces souvenirs, ces perceptions anciennes qui reviennent pendant que les perceptions de la réalité actuelle s'estompent, et puis, ça vous fait penser à autre chose. C'est comme la fumée du train.

La question aussi avait rapport au ciel, à la Voie lactée...

Eh bien non, les étoiles, je ne faisais pas du tout de rapprochement avec ce ciel-là, mais alors pas du tout. Je n'ai jamais fait de rapprochement entre le ciel où l'on va quand on est mort et le ciel des étoiles. Jamais. Pour moi, le ciel où l'on va quand on est mort, c'est les nuages, comme ça, la fumée du train, quand on ne voit plus ; mais ce n'est pas très loin de la terre, c'est au milieu des gens. Et c'est vrai, cela continue, puisque je le dis souvent : nous sommes peut-être entourés de quantité de gens comme ça, invisibles, là, à notre niveau. Pour moi, je ne mets pas du tout le ciel loin, je le mets dans l'invisible actuel, tout proche de nous, mystérieux. L'autre ciel, celui des étoiles, ce n'est pas du mystère. C'est encore du non-connu, mais le savoir des humains peut arriver à en connaître.

Alors, dans ton idée, on doit se cogner avec ces gens invisibles mais proches ?

Mais non, justement, puisqu'il n'y a pas les formes : on est comme nuage dans les nuages. Et puisque les mémés, les mademoiselles, tout ça, ça s'en va pour ne pas rester dans le nuage à côté de vous. On est tout seul dans le nuage.

Enfin, ce sont des petits souvenirs d'enfance, des souvenirs de fantasmes qui n'ont pas beaucoup de valeur. C'est parce que nous parlions de ça, les enfants, les grandes personnes, les questions sur lesquelles on ne se comprend pas.

Et quand ta sœur est morte ?

Oh ! ça, c'est tout autre chose, j'avais douze ans et je ne me suis pas du tout fait de représentation du paradis. Non, je ne cherchais pas à me faire des représentations à ce moment-là. C'était la perte de quelqu'un de vivant dans un inconnu que je ne cherchais même pas à savoir.

Et ton bon ange gardien, alors ?

Oh ! ça, c'était bien avant douze ans ! Lui, il vivait à l'aise dans le milieu des morts, des invisibles. Il faisait le joint entre le milieu des perceptions que je connaissais et le monde des gens qui n'ont plus de corps, ou qui n'en ont pas encore. Parce que ne pas avoir de corps encore, ou ne plus en avoir, je pensais que ça devait être un peu pareil. C'est tous ceux qu'on attend, qui vont naître. Alors ça, je me faisais beaucoup de fantasmes sur ceux qui allaient naître, où ils se trouvaient. Et quand on voyait une mère qui allait avoir un bébé, je ne faisais pas le rapprochement : je voyais qu'elle était enceinte, donc qu'elle attendait un bébé qui sortirait d'elle comme corps, mais je n'avais pas du tout l'idée qu'il était déjà avec elle. Pour moi, il était avec les morts et les futurs vivants, il était là, invisible, mais il n'était pas situé dans son corps, dans le corps de cette femme. Je crois que je pensais qu'il se mettrait quelque chose comme son âme dans son corps, en naissant... c'était flou.

Mon ange gardien ? Quand je m'endormais, je ne prenais que la moitié du lit pour laisser la place pour mon ange gardien, pour qu'il dorme à côté de moi, et je récapitulais la journée, qui avait toujours été catastrophique, parce que je faisais soi-disant beaucoup de bêtises, mais justement je ne savais pas comment je les faisais, ni pourquoi je les faisais, alors j'étais très, très ennuyée, parce que j'étais tout le temps punie et je ne savais pas de quoi. En plus, depuis que je savais lire et écrire, je m'étais dit qu'il y avait d'un côté la page des bonnes actions, de l'autre côté la page des mauvaises, dans un grand livre qui était tenu au ciel ; et alors, je disais à mon ange gardien : « Moi, je sais écrire, toi, tu ne sais pas… »

Il te l'avait dit ?

Il me l'avait dit, oui. Il m'avait dit : « C'est un autre ange qui est chargé de ça, moi je ne sais pas écrire. »

Oui, mais il devait te dire le côté où il y a du bien, et le côté où il y a du mal ?

Oui, justement, je discutais de ça avec lui. Est-ce que c'est pareil le bien et le mal dans le ciel et le bien pour la dame qui nous éduque (l'institutrice, « Mademoiselle » on l'appelait), parce que Mademoiselle dit qu'il y a du mal quand ce n'est pas commode pour les autres, mais moi, je ne fais pas exprès ? Alors, c'est là que mon ange gardien m'a dit un jour : « Il faut bien qu'il y ait quelqu'un qui fasse gagner le ciel aux grandes personnes, alors tu en es chargée ; c'est pour ça que tu fais des bêtises, pour faire gagner le ciel aux grandes personnes. » J'étais consolée et je pouvais m'endormir en paix, parce que, au fond, j'avais fait mon métier, qui était de faire gagner le ciel aux grandes personnes en étant insupportable sans savoir comment.

Et cet ange, il avait un corps ?

Oui, il fallait qu'il y ait de la place pour lui dans le lit. Il était en robe blanche, il avait des ailes qu'il repliait, alors, de temps en temps, je lui disais : « Non, ton aile, ne la mets pas par là, parce qu'elle me gêne. » Quand je me réveillais en ayant pris de la place, je lui disais : « Oh ! pardon, je t'ai écrasé ! »

et je reprenais ma place, ma demi-place plutôt. Mais lui, il disait : « Tu sais, c'est pas pareil, on n'est pas écrasé quand on est un ange, on n'est écrasé que quand on a un corps. » Enfin, il disait des choses comme ça... Il était très gentil. En tout cas, le jour où il m'a dit que je faisais gagner le ciel aux grandes personnes, ça a été une très, très grande consolation ; vraiment, jusque-là, je m'endormais tous les soirs avec un sentiment de culpabilité, parce que notre institutrice récapitulait la journée avec tout ce que j'avais fait de mal : une liste comme ça. Et de bien, trois fois rien... et encore ! Ou alors, des punitions qui n'en finissaient pas, car dans la famille on avait des punitions pendant quinze jours.

Quel genre ?

On était privé de dessert. Moi, je collectionnais les jours de privation de dessert. « Quand je serai grande, je mangerai toujours trois desserts... » Devant les desserts, quelquefois je pense à ça. C'était vraiment une punition pour moi. J'étais gourmande.

Et un jour il est parti ?

Qui, l'ange gardien ? Non, non, jamais.

Mais alors, il est encore là ?

Tu le sais bien, puisque chaque fois qu'il arrive... quand je trouve une place pour ma voiture...

Oui, mais c'est Papa qui prenait la place dans le lit.

Ah ! oui, oui, dans le lit... Dans le lit, non, il n'y est plus, c'est vrai. Mais c'est qu'il est toujours trop occupé. Un ange gardien d'enfant, ça dort près de lui. Mais un ange gardien d'adulte, ça veille toujours. Et puis, il n'est pas seul. D'abord, il y en a un pour la maison, il y en a un pour chaque pièce, et puis, chaque fois qu'il arrive quelque chose d'agréable, ou qu'on a évité un incident, c'est toujours : « Merci, bon ange gardien. » « B.A.G. », on l'appelle, à la maison. Et quand je trouve une place de parking, c'est grâce à lui. D'ailleurs, il y en a toujours un, peut-être un ange auxiliaire de mon ange gardien, qui s'occupe de ma voiture : je trouve toujours une place grâce à lui pour caser la voiture. Quand je tombe en panne, c'est que pendant ce temps-là, il a été distrait par autre chose. Mais alors, je ne le gronde jamais, je lui dis : « Tout de même, tu m'as oubliée. » Mais il est là, c'est son métier, je n'ai rien à faire pour qu'il s'occupe de moi.

Tu n'as pas de dette envers lui ?

Non, jamais. C'est quelqu'un envers qui je n'ai pas de dette, l'ange gardien. Simplement de temps en temps : « Fais attention, moi, j'ai besoin de toi, alors fais attention. » Cet ange gardien, je croirais assez que c'est une métaphore du mammifère humain qui est en moi. Je ne sais pas si tu as vu le film avec la petite guenon Udi à la télévision ? Udi, c'est étonnant, parce que, quand elle voit passer du mort, quelqu'un de mort, ou un animal mort ramené par le camion, elle se cache les yeux. Or, c'était le seul geste qu'avait l'ange gardien quand vraiment j'avais fait exprès quelque chose de mal.

Cela t'arrivait ?

Oui, cela m'arrivait. J'étais menteuse, je disais que je m'étais lavé les dents, cela ne se voyait pas et je soutenais que c'était vrai, on allait voir la brosse à dents et la brosse à dents était sèche.

Ton ange gardien ne l'avait pas passée sous l'eau en attendant ?

Non, le bon ange gardien savait que j'avais menti, alors là, je me sentais coupable, et le bon ange gardien se cachait les yeux, alors je savais que c'était vrai que j'étais coupable, que je n'aurais pas dû mentir. Et je lui faisais des discours : « Pourquoi est-ce qu'il faut que je me lave les dents, après tout, ce n'est pas leurs dents à eux, pourquoi est-ce qu'il faut que je me les lave ? » Il y avait aussi que je n'aimais pas me savonner dans le bain, alors j'allais dans le bain, je faisais beaucoup de bruits d'eau, puis je sortais et je disais : « Ça y est. » Mais le gant et le savon n'étaient pas mouillés et j'étais privée de dessert.

Tu n'as pas pensé rapidement qu'il fallait mouiller le savon ?

C'est venu après, mais j'étais aussi coupable ; parce que, quand on me demandait si je m'étais bien savonnée, je disais : « Mais regardez, j'ai mouillé le... – Oui, oui, tu as mouillé le... », disait Mademoiselle, elle me connaissait, elle savait bien. C'est même une des choses qui m'étonnent le plus : c'est qu'elle me pipait, mon institutrice.

Comment ça, elle te pipait ?

Mais oui. Je lui disais un bobard qu'elle n'avait qu'à croire et c'est tout, eh bien, elle s'intéressait à savoir si je la pipais ou pas. Qu'est-ce que cela pouvait lui faire, que je me sois lavée ou pas ? Il paraît que cela se voyait, évidemment, j'avais des traces de boue, de crayon ou de n'importe quoi qui étaient restées, forcément. Comme tous les enfants qui ne se savonnent pas, quand ils ont écrit sur leurs jambes, cela reste. Moi, j'aimais bien écrire comme ça, sur mes mains, sur mes jambes. J'écrivais au crayon, parce qu'à ce moment-là il n'y avait pas de crayon à bille. Maintenant, on voit beaucoup d'enfants qui ont des traces de crayon à bille sur eux. Les crayons de couleur ça ne prend pas sur la peau, mais ce qui prenait bien, c'était le crayon graphite. Pourquoi est-ce que les enfants aiment ça ? C'est le tatouage. Je crois que c'est parce que la vie laisse ses traces sur nous, et on veut être responsable de ce que la vie écrit.

Mais tu écrivais « Françoise » ?

J'écrivais *Vava*, puisque c'était mon nom. Vava, c'était comme ça qu'on m'avait surnommée. C'est un surnom de Françoise en français. Et quand j'écrivais *Françoise*, c'était toujours *Francoise*, j'oubliais la cédille, toujours, alors j'étais toujours reprise.

Même sur les jambes ?

Je n'écrivais jamais mon nom sur mes jambes. J'écrivais *Vava*, ou *Jean*, c'était mon frère avant moi, ou *Philippe*, celui après moi, j'écrivais des choses comme ça, j'écrivais des mots pour le plaisir d'écrire des mots, mais sur les avant-bras, sur les mains. Sur les jambes, c'étaient des dessins que je voulais jolis, des fleurs, des petits chats… Tu vois…

Tu n'écrivais pas comme moi : « merde » ?

Non, parce que d'abord je me souviens très bien qu'il y avait des mots comme « merde » et

« Madagascar » que je prononçais en moi-même
« merle » et « Malagascar », et j'ai été très longue à
savoir comment les écrire, et après ça je disais un
« madabar ». « Merde », je ne savais pas si c'était
« merle » ou « merde », et, un jour, j'ai dit à l'institutrice : « Pourquoi ils écrivent sur les murs ce mot-
là avec une faute d'orthographe ? » pour qu'elle me
réponde : « C'est pas une faute d'orthographe, c'est
"merde". » Elle ne m'a pas éclairée du tout, elle
m'a seulement dit : « Tout le monde ne sait pas
l'orthographe. » Elle était très fine, elle avait bien
compris que je voulais qu'elle me dise que c'était
bien écrit, pour savoir si c'était « merde ». Et alors
moi, je continuais à dire : « Meree… », comme ça
je faisais semblant. « Veux-tu ne pas dire ça », mais
on ne savait pas bien ce que j'avais dit et je mimais
l'innocente. C'était un mot qu'on ne disait pas à la
maison, mais on essayait de le dire. Moi, je disais :
« fourneau », ma mère disait : « sapristi » au lieu de
dire : « sacristie », parce que « sacristie » c'est jurer,
c'est jurer pour les Canadiens, et ma mère n'était
pas canadienne, mais il y avait une origine amérin-
dienne du Nord dans la famille, donc « sapristi »
devait être pour elle un mot de soulagement. À la
fin de sa vie, elle disait « merde » comme tout le
monde.

Mais qu'est-ce qu'il disait, le bon ange gardien,
quand tu faisais des petites écharpes toutes maigres
pour les soldats ou les prisonniers ?

Alors là, il ne s'en occupait absolument pas. Il
ne s'occupait absolument pas de mon activité qui

n'était pas dans le bien et le mal, comme ça, mais dans le faire. Ça, ce n'était ni bien ni mal pour moi.

Au fait, tu te souviens de la déclaration de guerre ?

Comme la guerre s'est déclarée en août, nous étions à Deauville, où nous avions une maison de famille. Et je me souviens de la plage de Deauville d'alors comme d'un tableau. Je revois les dames avec leurs robes d'avant la guerre, les messieurs avec leurs canotiers. Cette espèce de grouillement d'adultes déguisés en d'autres costumes que ceux que j'ai connus après, et cette vie factice qu'il y avait.

Je me souviens aussi que mon père venait, puisqu'il venait le samedi, dans un train qu'on appelait le train jaune : ça voulait dire le train des cocus, parce que toutes les mères, toutes les femmes et les enfants étaient au bord de la mer, et, le samedi, arrivait un train de Paris avec les pères et les maris. On allait au train, et les grandes personnes en parlant appelaient ça le train jaune, le train des maris cocus, parce que les amants des femmes venaient les voir pendant la semaine et... Et moi, je ne savais pas ce que ça voulait dire, alors je répétais : « On va au train jaune. » « Veux-tu te taire ! » Je ne savais pas pourquoi il fallait se taire, et, un jour, on m'a dit : « Mais tu vois bien qu'il n'est pas jaune, ce train ! » Mais je reprenais la gaffe, forcément, parce qu'on ne me disait pas pourquoi les gens l'appelaient le train jaune. Tu sais comment sont les enfants : ils disent toujours les choses à la personne à qui il ne faut pas, ils savent comme ça… Alors apparemment, j'avais dit à une dame qui justement trompait son mari : « Ah ! tu viens au train jaune ? » Naturellement, ça avait fait un drame. Pour moi, le train jaune, c'était le train des papas. On l'appelait comme ça. Plus tard, on a bien dit le Train bleu. À ce moment-là, je ne connaissais pas le Train bleu, mais il devait exister déjà, ce train qui va à la Méditerranée. Bref, j'ai bien constaté que le train n'était pas jaune, mais je n'ai pas compris pourquoi les gens riaient en le nommant comme ça. Je n'ai compris que bien plus tard. C'est drôle, parce qu'on me l'aurait expliqué, j'aurais très bien su tenir ma langue. Je suis sûre qu'une petite fille comprend ça très bien, même si elle ne comprend pas exactement ce que veut dire aller avec un autre monsieur que son mari, elle comprend très bien que c'est une chose qui ne doit pas être bien. Et puis, je me serais dit : « Mon papa, ma maman ne le trompe pas, donc pour nous, ce n'est pas le train jaune. » Je ne l'aurais plus dit… et je n'aurais pas été grondée de continuer à le dire parce que ça fait toujours bien de parler comme les grandes personnes.

Pour la guerre, je me souviens très bien du samedi qui a précédé, où mon père est venu à Deauville ; j'étais par terre à jouer près de la fenêtre du salon, et mon père s'en allait et a dit à ma mère, récapitulant tout haut, en nous embrassant, leur longue conversation du dimanche : « À samedi, s'il n'y a pas de déclaration de guerre… » Je l'ai regardé en demandant ce que cela voulait dire, et il a répondu : « Oui, si la guerre n'est pas déclarée. »

Ça a été quelque chose, ce « Sarajevo », le mot qui revenait dans toutes les discussions, comme ça, tout d'un coup, dans mon univers d'enfant. Je ne savais pas ce que c'était, la guerre. Je ne comprenais pas pourquoi l'assassinat de gens à Sarajevo mettait tout à feu et à sang. Je savais l'Alsace et la Lorraine, et qu'il fallait rattraper la guerre de 70, que ça avait été une honte, qu'il fallait reconquérir l'Alsace et la Lorraine. Alors, c'est ça qu'on pouvait faire, grâce à Sarajevo ? Je savais que la guerre, c'était quelque chose avec les uhlans à cheval, qui avaient des grandes lances, des casques avec des machins carrés et pointus, des soldats qui tombaient en serrant un drapeau, et puis des personnes qui pleuraient. C'était ça, pour moi, la guerre de 70. Et puis, il y avait les petits soldats tout plats en plomb avec lesquels mes frères jouaient. C'étaient des histoires comme ça, la guerre.

Avant, il y avait eu l'affaire de la bande à Bonnot, c'est une histoire aussi dont je me souviens, avec tous les gens qui se jetaient sur les journaux. Et après, ça a été la guerre. À ce moment-là, je ne faisais pas bien la différence entre l'affaire de la bande à Bonnot et la guerre.

Et puis, un jour, les petits vendeurs de journaux sont passés sur la place en criant : « La déclaration de guerre, la déclaration de guerre ! » Et le samedi suivant, mon père n'est pas revenu. Le jour de la déclaration de guerre, on est allés avec Mademoiselle à la mairie, et on a vu derrière une vitre l'affiche de la mobilisation générale avec les deux drapeaux français croisés, mais je ne savais pas encore lire :

« Avis : mobilisation générale. » Les femmes étaient comme une grappe noire, figée devant cette grille. Et moi, avec Mémé, qui regardait. Je dis Mémé, alors qu'on l'appelait Mademoiselle à l'époque ; c'est plus tard, âgée, qu'on l'a appelée Mémé. Et moi, j'étais un peu étouffée par toutes ces jupes de femmes ; elles étaient comme fascinées par cette affiche, et moi, je me demandais ce que cela voulait dire. Tout le monde qui pleurait, et puis des hommes, jeunes, excités, qui partaient joyeux, ayant bu, avec un baluchon.

À l'époque, les gens voyageaient avec des paniers et des baluchons, des carrés de grosse toile aux angles noués, des grosses valises de paille, de vannerie, avec angle de maintien. Il y avait aussi des malles d'osier avec ou sans dômes. Je me rappelle très bien ces trains qui n'avaient pas de couloir, chaque compartiment était isolé des autres, chacun sa porte. Et je me rappelle très bien, c'était en Normandie, les paysans dans le train. Leurs blouses bleues avec un col blanc et un machin rouge noué en cravate, un bonnet ou une casquette haute, et des gros paniers d'où ils sortaient tout de suite de l'andouille, du poulet, et puis nous, on sortait aussi des sandwiches, et le pot de chambre pour les petits (on jetait par la fenêtre). De Paris à Deauville, cela durait bien quatre ou cinq heures, enfermés dans ces compartiments, isolés les uns des autres. Il fallait bien que les gens mangent, que les gens pissent.

Alors, pour revenir aux écharpes...

J'étais très habile de mes mains et très, très jeune, déjà bien avant le déménagement. Nous avons déménagé au début de l'année 1913. Philippe est né en mars 1913, nous avons déménagé à Pâques 1913. C'était donc bien avant, et je faisais de la broderie, j'aimais beaucoup faire de la broderie, du crochet, du tricot, des dessins, bref, j'étais très industrieuse de mes mains ; et quand est arrivée la guerre, on faisait des cache-nez pour les soldats, enfin c'étaient des écharpes, on appelait ça des « cache-nez », moi j'appelais ça des « cache-naît », Philippe venait de naître, c'était sûrement à cause de ça. On me laissait dire et on riait quand je disais des « cache-naît ». Je faisais ça avec un « râteau », un grand tricotin. Ça me plaisait, mais en même temps ça m'embêtait beaucoup que je sois obligée de le faire.

J'en avais fait un ou deux, ou trois, pour des soldats qui étaient blessés, parce que notre institutrice et notre mère avaient pris la charge d'une salle de blessés dans laquelle elles avaient quarante soldats. Ces grandes pièces étaient les salles de réception de l'hôtel Royal, dans lesquelles on avait mis des lits pour faire des salles de blessés de guerre. Les hôtels avaient été choisis comme hôpitaux militaires, c'était vraiment tout trouvé de faire des hôpitaux militaires à cet endroit-là, et beaucoup de dames s'étaient offertes pour être infirmières bénévoles. C'était très bien, toutes ces dames déguisées en infirmières… jusqu'à la fin de l'été ; et, à la fin de l'été, tout le monde est parti. Il n'y avait plus personne pour les blessés, qui justement arrivaient de plus en plus. Si bien que nous sommes restés pour les blessés à Deauville, le temps que l'on forme des infirmières en France. Et ma mère et notre institutrice ont pris à elles deux une salle où elles se relayaient, car nous étions tout de même déjà cinq enfants à ce moment-là, nous n'étions pas encore six. Leurs blessés, elles en parlaient, puis quand les blessés allaient mieux, ils sortaient, ils sortaient avec nous, ils venaient à la maison, on faisait des promenades, on allait au vieux Deauville, à la ferme de Saint-Arnoult, avec eux.

Donc, moi, je faisais des cache-nez parce qu'il fallait qu'ils aient de la laine, et il fallait que ça ait un mètre ou un mètre vingt, et c'était long à faire comme travail. Si bien que, la nuit, je les accrochais avec des épingles doubles ou des épingles à cheveux dans le tissu des fauteuils et je tirais dessus pour que ça s'allonge jusqu'à un mètre vingt, et je les mouillais pour que ça s'étende ; mais quand ça séchait, ça redevenait petit, ça se décrochait, ou les fauteuils tombaient, et le lendemain on trouvait des sièges renversés, attachés entre eux par le petit tricot qui était grand comme ça, qui s'était rétréci d'avoir été mouillé, parce que la laine, quand elle est mouillée, elle devient dure : enfin, c'étaient des malheurs. Et naturellement, j'étais très ennuyée de ça, je passais mon temps à faire du tricot, je ne pouvais même plus jouer parce qu'on me culpabilisait, ils l'attendaient, soi-disant. Il y avait un pauvre poilu dans les tranchées qui attendait mon cache-nez et qui mourrait de froid si je ne finissais pas son cache-nez. Et je ne me rendais pas du tout compte que ça amusait les gens, de me voir toute pénétrée de la valeur importante de ce qui était une corvée pour moi, à la longue. Je ne sais pas pourquoi, c'était un peu sadique d'ailleurs vis-à-vis d'un enfant, et j'ai compris après que, très souvent, quand les gens venaient, ils venaient me regarder comme ça, affairée à mon tricotin. Je n'avais pas le temps même de les regarder parce qu'il fallait tout de même que je joue un peu, alors, tout le temps qu'on était à la maison, j'étais sur mon tricotin, je n'avais pas le temps de parler, il fallait avancer, et puis je tirais dessus à chaque coup. Voilà.

Et qu'est-ce qu'on mangeait à la ferme de Saint-Arnoult ?

Ça, la ferme de Saint-Arnoult, c'était merveilleux. D'abord, il y avait des vaches dans le pré, c'était tout à fait comme ces images des toiles de Jouy où l'on voit des paysans d'autrefois (d'ailleurs, à Deauville, j'ai voulu mettre du papier qui ressemble à ça). C'était une grande ferme basse avec des colombages, pas d'étage, comme ça. Il y avait des collines qui montaient, couvertes d'herbe, où paissaient des moutons qui, le soir, s'en allaient derrière la colline. Il y avait écrit sur un grand écriteau à côté d'une porte, d'une grande ouverture dans la haie : « Ici on vend des œufs, du beurre, du lait, du cidre, on peut goûter. » Alors, on y allait avec les soldats. C'était dans le terrain un peu herbeux, devant la ferme, avec les poules, les oies, les canards, les chats et les chiens. De grandes tables avec des tréteaux, de grands bancs. On s'asseyait et on vous donnait du pain brié. Le pain brié, c'est un pain sans levain qui se conserve et que les pêcheurs prenaient sur leurs bateaux. C'est un peu épais, ça n'a pas d'aération et c'est sans sel. On mettait là-dessus un bon tiers de centimètre de beurre salé, et puis la fermière apportait à chacun un grand bol de lait chaud qui venait d'être trait. C'était merveilleux.

Et à la maison, comment c'était ?

Nous sommes restés toute la première année de la guerre à Deauville pour les blessés, jusqu'à ce qu'il y ait des infirmières diplômées. Donc, nous sommes restés tout cet hiver-là à Deauville, l'hiver 1914-1915, puis encore l'été 1915, dans une maison où il n'y avait que des bougies, on n'avait pas même de pétrole, on n'avait pas de gaz, la cuisine se faisait avec du charbon et du bois ; on n'était pas chauffés, il a fallu faire installer un poêle… et son tuyau qui montait dans l'axe de l'escalier. On y faisait une flambée pour déraidir l'air : enfin, toutes ces choses de la vie… On faisait le cidre. On mettait des tas de pommes devant les maisons, et puis le pressoir à roue passait et faisait le cidre pour les gens, chez eux. Et il y avait tous les marchands ambulants, les couteaux, la bonne crevette de Villerville : « V'là d'la belle crevette vivante ! » et puis : « Ah ! les couteaux, les couteaux, rapetasse les couteaux, les ciseaux, les rasouers, rapetasse les ciseaux ! » On le voyait de loin, le rémouleur, et quand il était passé, pendant une demi-heure, on chantait la même chose.

Et Mititi, c'était quoi ?

Mititi ? C'était le journal. C'était bien plus tard. Ça a duré très longtemps, Mititi. Ça a duré quinze ans, depuis l'enfance jusqu'à quand j'étais déjà grande. On allait exprès chercher le journal chez une dame qui avait un défaut de prononciation. On y allait avant l'heure où le journal arrivait, enfin le train qui apportait tous les jours le journal de Paris. C'était pour l'entendre dire en nous chassant : « À Mititi vous voulez, tefé ma tête… » (c'est-à-dire : « Laissez-moi tranquille jusqu'à midi. Je suis occupée à faire ma caisse »). Alors on disait : « On va chez Mititi. » Il y avait une foule de gosses qui allaient chez « Mititi » uniquement pour se moquer d'elle et l'entendre invariablement répéter : « À Mititi vous voulez… »

Et la dame qui avait perdu son mari ?

La dame qui avait perdu son mari ? C'était fin 1915. Elle est arrivée à la maison, et puis tout le monde était comme ça, il y avait un vent de tristesse qui était passé, et moi j'ai écouté, j'étais dans le salon, j'écoutais et je disais : « Elle est bête, la dame, elle est bête », et je le répétais, mais pas trop fort. Tout de même, notre institutrice voyant que j'avais un problème a fini par me demander : « Mais pourquoi dis-tu qu'elle est bête ? » J'ai répondu : « Elle est bête, elle dit qu'elle a perdu son mari, puis elle vient ici, mais c'est pas ici qu'il est ! Elle ferait bien mieux de le chercher. » C'est moi qui étais bête, bien sûr, parce que « perdu » ça voulait dire qu'il était mort. J'ai compris, mais ça a été long : le temps qu'on fasse attention à une réflexion d'enfant, qu'on le punisse d'abord de dire ces choses. « Faut pas dire qu'une grande personne est bête ! » On est impoli quand on dit ça, donc on est grondé, on est puni, et c'est très long avant que les parents se rendent compte que l'enfant dit quelque chose d'intelligent ; ça lui pose un problème, quelqu'un qu'il aime bien et qu'il trouve bête, il est dans un conflit.

Je me rappelle une autre qui est venue en riant comme une folle, elle était folle de douleur de la mort de son fils et elle était secouée de sanglots tout pareils à entendre à des rires de nervosité, en parlant de ce fils disparu. Il n'était pas mort, elle ne l'avait pas perdu, elle, il était disparu, et j'ai compris que « disparu », cela voulait dire que personne ne savait où il était. C'était un mystère aussi, ce mot de « disparu ». Au début de la guerre, il y avait des gens tués, mais on disait que leur famille les avait perdus, et puis il y avait des gens disparus. Ils n'étaient pas toujours morts, ils étaient disparus, on espérait qu'ils étaient prisonniers. Pour moi, « prisonnier », cela voulait dire qu'ils avaient fait quelque chose de mal. Sans ça, pourquoi les aurait-on mis en prison ? Un soldat était prisonnier, alors ça voulait dire qu'on lui faisait des petits supplices comme quand on était prisonnier pour jouer, tu restes sur un pied pendant une demi-heure, et il y avait des gages pour se sortir d'être prisonnier, parce que, quand il y a trop de prisonniers, on ne peut plus jouer, alors pour rendre les prisonniers libres, il faut qu'ils paient leurs gages, par exemple trouver des grimaces qui fassent rire, et si ça ne faisait rire personne, alors le gage n'était pas payé, on restait prisonnier. Mais pour moi, les gens qui étaient prisonniers, qu'est-ce que ça pouvait être ? Je me demandais pourquoi les grandes personnes jouaient aux prisonniers, pourquoi les Allemands ils font des prisonniers, les Boches. Et puis les prisonniers, c'étaient toujours des Français qui allaient chez les Boches. J'ai été très longue à savoir qu'il y avait des Boches qui étaient prisonniers aussi. Je ne comprenais pas du tout. Et ça, c'est venu de ce qu'il y avait des personnes qui venaient se plaindre de leurs disparus et qui, ensuite, étaient tout heureuses d'apprendre par une lettre que le disparu était prisonnier. J'ai compris après que « disparu », ça pouvait aussi dire être mort, et que « prisonnier », cela voulait dire tout de même qu'il reviendrait après la guerre. Tout ça, ce sont des choses qui viennent de l'expérience.

On peut dire que j'ai appris à lire, enfin, à lire couramment, en lisant le communiqué à ma mère pendant qu'elle se coiffait (un chignon, c'est long à faire) ou qu'elle était occupée à quelque chose quand arrivait le journal. Le communiqué, c'était ce qu'on disait aux civils de ce qui se passait à la guerre, au front. C'était très, très souvent, comme *À l'ouest rien de nouveau*. Il y a un film qui s'est appelé comme ça. Là, c'était plutôt : « À l'est rien de nouveau », c'est ça. Il y avait l'Argonne, les Dardanelles. Ce sont des noms de lieux, des mots très beaux que j'ai appris comme ça, sans même les situer. C'est après la guerre que j'ai vu la géographie de ces lieux dont on parlait tout le temps : les Vosges… Et puis des noms d'endroits d'amusement, où ils se battaient dur, comme « le Chemin des Dames ». C'était étrange de se battre là, avec des canons. À mon idée, mais c'était un fantasme œdipien, c'était là que l'oncle Pierre avait été blessé, puis tué.

L'oncle Pierre, le « parrain-fiancé ».

Quand la fin de la guerre est arrivée, je me suis demandé comment on peut vivre quand ce n'est pas la guerre, parce que, pour moi, la guerre, c'était l'expérience de la vie sociale. Le jour de l'armistice surtout, j'étais dans un très grand désarroi, parce que nous connaissions des gens qui avaient perdu des êtres chers... Moi-même, il y avait cet oncle qui avait été tué, et il y avait une fête, une joie dans la ville de Paris. Ma mère et mon père sont allés avec les aînés et Jean, qui avait deux ans de plus que moi, avec le soi-disant valet de chambre (mes parents l'avaient gardé, une fois qu'il était revenu blessé et réformé, parce qu'il était le mari de la cuisinière), la femme de chambre, la concierge, tout le monde, ils sont allés avec l'échelle de ménage et des couvertures, pour attendre le matin sur les Champs-Élysées, pour le défilé, et moi qui étais trop petite, je suis restée à la maison avec Mademoiselle et les petits, Philippe et André. J'aurais pu y aller, mais on a pensé que j'étais trop jeune. Ils sont partis à pied, avec leur chargement et un panier de victuailles et la Thermos. Ils y étaient à une heure du matin, pour le défilé qui commençait à huit heures du matin. Tout Paris y était. J'ai tout de même vu quelque chose de cette liesse, parce que je suis sortie l'après-midi avec ma mère et Mademoiselle, et Philippe qui avait cinq ans (« pour qu'on se souvienne ») : en taxi, parce qu'on était à Passy, c'était loin (on allait « dans Paris »), pour que j'aie vu ce que c'était que l'armistice « dans Paris ». On a pris un taxi avec des gens que je ne connaissais pas, deux ou trois personnes qui elles aussi voulaient voir la fête dans Paris, l'avenue des Champs-Élysées… C'était une expérience très exceptionnelle. On a dû même descendre l'avenue des Ternes, j'ai d'ailleurs trouvé drôle qu'on l'appelle « terne », un mot dont je savais le sens, dans une telle agitation. J'étais étonnée. C'est la première fois que j'ai fait attention qu'on pouvait être à un endroit qui s'appelait « terne », mais qui était plein de couleurs et très agité. Et ces chants, cette liesse, cette fraternité ! Et moi, je me disais : « Mais comment se fait-il que les gens se réjouissent tant et ne pensent pas aux morts et à ceux qui ne reviennent pas ? » Et j'étais prise entre deux sentiments : d'abord, l'inconnu de ce que ce serait après la guerre, pour moi personnellement : « Comment ça va être après cette foire extraordinaire ? » Et puis, une foire où il y avait tellement de joie alors que je savais qu'il y avait tellement de gens qui ne reviendraient pas, les papas des enfants, le fiancé merveilleux de notre Suzanne qui faisait la couture et le raccommodage deux jours par semaine. Quel chagrin, sa mort héroïque ! Et personne n'avait l'air d'y penser, tout le monde riait. Ça m'avait beaucoup frappée. Je pense que c'est pour ça que les Ternes ont joué un rôle. L'Arc de triomphe, pour moi, c'était le triomphe de ce jour-là. Je ne savais pas qu'il datait de Napoléon, je ne savais pas encore qui était Napoléon. Pour moi, c'était le triomphe de la guerre. La sculpture de Rude, avec la femme hurlante qui guide les hommes en armes, cette sculpture sur l'Arc de triomphe m'exaltait. On disait : « *La Marseillaise* de Rude », alors pour moi, c'était ce chant extraordinaire, sanguinaire mais vertueux, figé en pierre, muet et hurlant.

Tu avais quel âge à la fin de la guerre ?

En novembre 1918, j'avais dix ans ! Mais oui ! Je suis née en novembre 1908. Mais, à cet âge-là, on ne sait pas encore des choses comme ça. D'ailleurs, on est long avant de situer les souvenirs historiques à une époque qu'on met en rapport à la sienne. Je me rappelle, quand j'étais en sixième, j'avais dix ans, on a commencé la littérature française, soi-disant, et vraiment c'était une énigme pour moi le XVIIe siècle, c'est-à-dire Corneille, Racine : de ne pas savoir à quelle époque cela se passait, et qu'ils parlaient autrement que nous, comme en plein ciel. Et ce qui est très curieux, c'est qu'on séparait complètement l'enseignement de la littérature de l'enseignement de l'histoire. Il y avait des morceaux choisis, *la Chanson de Roland*..., mais sans aucune relation avec la manière de vivre de l'époque, ni ce qu'il y avait au point de vue politique à cette époque-là. Et on ne vous expliquait même pas le mot littérature. Je me rappelle avoir cherché dans le dictionnaire ce que c'était que d'apprendre la littérature. La littérature, c'était des gens qui parlaient, qui parlaient autrement que nous et qui n'avaient rien à voir avec le temps. Résultat, on voyait des images qui accompagnaient les textes, les médecins de Molière avec des chapeaux pointus, des femmes savantes déguisées comme sous Louis XIV, on ne faisait pas le rapprochement dans l'histoire avec ce qui se passait à cette époque-là. Et, par ailleurs, on apprenait l'histoire ancienne en même temps que la littérature du XVIIe siècle. On apprenait les Romains et les Grecs en histoire et La Fontaine, Molière en littérature. Quelquefois, je demandais. On me répondait : « C'était au XVIIe siècle. » Mais comme je ne savais pas ce que c'était que le XVIIe siècle, et que, quand je demandais pour les Romains, on me disait que c'était des siècles avant Jésus-Christ et aussi les premiers siècles après… Le XVIIe siècle, je ne savais même pas si c'était avant ou après, puisqu'on ne précisait pas. C'est très difficile d'arriver à se repérer, parce que les adultes ne se rendent pas compte des questions qui se posent aux enfants et que les enfants ne savent même pas comment les poser. La chronologie avec les repères de vie des humains ? Les enfants y sont confrontés comme à une sorte de morcellement. Du moins moi, je le ressentais comme ça, je cherchais à faire le lien et je n'y arrivais pas.

Et l'espace aussi, c'était inquiétant ?

Je me rappelle, quand je suis arrivée, assez rapidement en somme, à connaître Paris. C'était quand nous prenions un taxi pour aller à la gare, quand on partait en vacances ou pour en revenir : on traversait les quartiers de Paris et je faisais très attention au chemin qu'on prenait pour quitter un endroit que je

Françoise à dix ans.

connaissais et arriver à la gare. J'essayais de regarder tous les noms des rues et peu à peu, au bout de six ou sept voyages où je savais lire, je me repérais. Et je me souviens, quand on allait à la gare Saint-Lazare, ma mère disait : « Ah ! il n'est pas passé par la rue La Boétie, bien sûr, il veut faire marcher le taximètre », alors je me disais : « Bon, la rue La Boétie c'est plus court que… » Mais on ne m'avait pas montré qu'il y avait un plan de Paris. Ç'aurait été si simple, de m'apprendre le plan : ce n'est que quand j'ai rejoint un quartier de Paris, dont je connaissais un petit bout, à un autre, que j'ai compris la relation entre eux. Après, j'ai cherché et découvert qu'il y avait un plan pour comprendre. Il y avait des petits îlots que je connaissais, et c'est par le plan que je voyais comment ils se réunissaient. J'étais la quatrième d'une famille, c'est peut-être pour ça d'ailleurs, peut-être qu'à une aînée on lui aurait expliqué, mais la quatrième, elle n'avait qu'à suivre le mouvement, et je ne savais pas quelles questions poser, en fait. Et puis, il y avait toujours tellement de monde, je n'ai jamais été isolée, si bien que si j'avais posé des questions, il y aurait eu trop de gens pour répondre. À table, on était toujours sept ou huit, avec nos parents et l'institutrice, et nous n'avions pas le droit de parler, nous n'avions que le droit d'écouter.

À table, moi, je cherchais comment on était passé d'un sujet à l'autre. Les grandes personnes parlaient de quelque chose, puis tout à coup, c'était tout autre chose. Comment est-ce qu'on était arrivé à changer de sujet ? Je me suis aperçue que ça venait d'une chose intercurrente : on apportait un plat, on parlait du plat, ou alors il y avait eu un coup de téléphone, et ça rompait la conversation. C'était déjà comme si j'étais intéressée par la suite, les enchaînements de sens, les associations d'idées. En fait, cette notion de suite, du continu qui relie ce qui semble disparate et discontinu, de l'avant et de l'après, c'est une chose qui m'a toujours marquée. Peut-être que tous les enfants sont comme ça. Toi-même, étais-tu comme ça ?

Et par rapport au temps, la notion d'hier et de demain ?

Ça, très vite. Ma vie était réglée par le fait qu'il y avait des jours, ma mère avait des jours de réception. Les dames venaient la voir un certain jour dont je ne me souviens plus, je ne sais pas si c'était le mardi ou le jeudi, mais je crois que c'était le mardi. Il fallait se mettre chic pour quatre ou cinq heures et aller faire la révérence devant chaque dame. Ça s'est arrêté avec la guerre de 14 : c'était surtout quand nous vivions rue Gustave-Zédé. Donc, ça a cessé, au moins régulièrement, quand j'ai eu quatre ans et demi, cinq ans. Je suis née en novembre 1908, la guerre s'est déclarée en août 1914, j'avais cinq ans et demi. Il y avait donc comme repères de la semaine ce jour-là, qui revenait ; il y avait le jour où mes parents ne dînaient pas à la maison, c'était tous les vendredis soir, ils allaient dîner rue Pajou chez mon arrière-grand-mère maternelle ; et puis le jour où ils allaient dîner chez ma grand-mère maternelle. Le dimanche, c'était le jour de ma grand-mère paternelle, oncle et tante et cousins de ce côté-là, qui venaient déjeuner, ou dîner. Si bien que les jours étaient marqués par : « C'est le jour de… » Et puis, surtout, il y a eu quelque chose qui a été plus important, je crois, c'est que ma grand-mère, la mère de ma mère, nous recevait, nous, les enfants, à tour de rôle. Nous avions chacun un jour de déjeuner chez elle, déjà tout petits : je déjeunais le vendredi chez ma grand-mère et j'aimais beaucoup ça. L'institutrice m'y amenait et elle venait me rechercher à deux heures et demie, trois heures, tous les vendredis. Je crois que ça marquait beaucoup la semaine. Puis il y avait le dimanche, on allait à la messe, à l'Assomption d'abord, puis, après le déménagement, à Notre-Dame-de-Grâce de Passy. Toujours à la messe de midi. On arrivait à midi dix et on partait à midi vingt, en famille et en trombe.

Je croyais qu'on était très croyants dans la famille ?

Mais non. Croyants oui, peut-être, Maman (Mademoiselle, sûrement), mais pas très pratiquants. C'était un principe. Il fallait aller à la messe le dimanche. On faisait le minimum rituel. Ah ! oui, il y avait aussi que, le vendredi, on « faisait maigre », il y avait du poisson ; et il y avait les « quatre temps », il y avait du poisson les jours des quatre temps de l'Église. D'ailleurs, personne ne savait quand c'était « quatre temps », et ma pauvre mère se trompait toujours, il fallait que ce soit quelqu'un qui le lui dise. « Sapristi », elle l'avait oublié ! Le vendredi à midi, il y avait du poisson ; le vendredi soir, les parents ne dînaient pas là, c'était le soir où l'on faisait des bêtises. L'institutrice n'était pas là non plus, elle habitait chez ma grand-mère, elle ne dormait pas chez nous. Il y avait, mais pas à table, l'Anglaise des petits, quand il y en avait une, il y avait la cuisinière, puis, une fois la cuisinière partie, on était chacun dans sa chambre, soi-disant. C'est-à-dire qu'on se couchait un peu plus tard, qu'on faisait du bruit (quand le chat n'est pas là…).

J'étais très à l'affût de ce qui fait les différences. Chez ma mère, enfin à la maison, c'était une vie avec des enfants, donc pas une vie stylée, on faisait comme on pouvait. Chez ma grand-mère, il y avait un vrai valet de chambre. Ma mère ne voulait que des femmes, il y a eu un valet de chambre, mais beaucoup plus tard. Quand mon père et ma mère furent âgés, ils prirent un couple. Avant, il y avait une cuisinière et une bonne d'enfants, puis, quand nous avons été cinq, puis six, aux âges espacés, il y eut une cuisinière, une femme de chambre et une personne qui s'occupait des enfants petits, et puis l'institutrice pour les grands. Cela faisait tout de même du monde.

Donc, quand on allait chez ma grand-mère, il y avait un valet de chambre adorable avec nous, et une cuisinière. La cuisinière, c'était Hortense ; le valet de chambre, jardinier aussi, car ma grand-mère avait en plein Paris un grand jardin, c'était Alphonse. Ils ont vécu trente ans chez ma grand-mère en n'étant pas mariés, et, quand ils ont quitté ma grand-mère, ils se sont mariés dès le lendemain. Personne n'était au courant, on croyait qu'Alphonse était un vieux célibataire, entré comme tel au service de mon grand-père âgé. Hortense, elle, ma grand-mère la croyait farouchement vierge. En fait, elle était entrée jeune fille chez ma grand-mère, et puis elle était une femme stérile, c'est pour ça qu'ils n'ont pas eu d'enfants. Mais, chez ma grand-mère, à l'insu de tout le monde, ils ont toujours vécu ensemble, en couple. Pierre, mon frère aîné, qui les aimait beaucoup, est allé les voir plus tard, retraités, dans leur terroir natal. Un couple uni, heureux.

Un jour, un vendredi où j'étais là, il y avait aussi Jean, qui suivait l'école à Gerson, tout à côté de chez ma grand-mère, et sans doute avait-il été malade... et puis c'était en 1915, avec les difficultés de ravitaillement. Bref, il venait, lui, déjeuner chez notre grand-mère tous les jours. Ça le reposait un peu plus que la cantine. Ce jour-là, donc, à table, nous étions tous les trois, ma grand-mère, Jean et moi, et, par intérêt je pourrais presque dire scientifique, je demande à ma grand-mère si c'est du service élégant quand le valet de chambre se mêle à la conversation : parce que, avec nous, chez ma grand-mère, Alphonse, qui restait debout à côté du buffet, disait son petit mot quand je parlais à ma grand-mère, et il riait, bref, il se mêlait à la conversation. Tout le monde a fait une tête comme ça, et puis j'ai eu une punition terrible, et j'ai dû pendant un mois manger dans une faïence qui ressemblait à un pot de chambre, et qu'on m'a dit être un pot de chambre, sur une petite serviette où il y avait écrit W.-C., et avec une cuiller en bois et un balai de cabinet, comme ça, sur la table. « Tu veux du service élégant, eh bien en voilà ! » C'était pas du tout ça, j'aimais beaucoup Alphonse, mais c'était une curiosité scientifique. Je me renseignais : « Où s'arrête et où commence le service qualifié d'"élégant" ? » Tout ça, chez ma grand-mère très digne, austère : elle vivait, veuve, vraiment comme une nonne laïque. Alphonse était vieux, il avait des gants blancs en coton pour servir à table, il y avait trente ans qu'il était dans la maison, il y était entré quand ma grand-mère était encore jeune, du vivant de mon grand-père, qui, malade, avait besoin d'aide. Lui-même, mon grand-père, avait quinze ans de plus que ma grand-mère. Alphonse portait un gilet rayé, une veste noire brillante, qu'on disait « en alpaga », et ces gants blancs pour servir à table. Moi, je trouvais ça incroyable, de mettre des gants blancs pour servir à table. Après tout, on m'aurait dit : « Oui, oui, c'est très élégant de parler avec les patrons », je me serais dit : « Bon. » Après tout, ça faisait partie des questions auxquelles on aurait pu me répondre, pourquoi pas ? Mais pas du tout. Ça a été comme si j'avais fait une gaffe, comme si j'avais voulu blesser ce pauvre Alphonse. Les adultes, eux, savaient que ce n'était pas du service élégant. Quand quelque chose – une fourchette – tombait par terre, il prenait une assiette, posait dessus la fourchette tombée et vous la représentait : je ne savais pas pourquoi, puisqu'il n'y avait qu'à la ramasser, et il la ramassait, l'essuyait avec son chiffon, mais il vous la redonnait en la mettant d'abord sur une assiette. J'étais maladroite, et ça arrivait souvent. Ça a commencé vers les deux ans et demi, ces déjeuners tous les vendredis chez ma grand-mère. L'épisode du service élégant m'a beaucoup peinée. J'ai fait des excuses à Alphonse, attendri et très gêné sûrement que mon innocente question ait provoqué ce raz de marée ! Enfin, c'est des choses qui viennent de l'incompréhension que les adultes ont des enfants, et ça m'a beaucoup frappée, toute mon enfance.

Vraiment, je n'y comprenais rien, à cette culpabilisation presque institutionnelle pour des questions qu'on ne devrait pas poser, pour des choses qu'on devrait savoir, et si l'on demande, ça fait des drames. Je me rappelle, par exemple, qu'on me disait : « À quoi penses-tu ? » et j'avais la frousse de cette question, parce que toujours, quand je disais à quoi je pensais, ça me faisait punir, parce que je pensais des choses qui fâchaient : « Mais enfin, tu as de ces idées ! » On aurait voulu peut-être que je dise quelque chose de gentil ? Il paraît que j'avais très souvent un air absorbé, dans la lune. Alors, une fois, je me suis dit : « Faut que j'aie une réponse prête qui ne me fasse pas gronder. » Et je me rappelle qu'un jour j'ai répondu : « Je pense aux pauvres soldats dans les tranchées ! » Seulement, c'était une vieille réponse que j'avais comme ça toute prête depuis quatre ans, et la guerre était finie ! Mais, à une nouvelle question à brûle-pourpoint : « Françoise, à quoi penses-tu ? », c'est sorti : « Aux pauvres soldats dans les tranchées ! – Elle est complètement folle ! » Même ça, c'était fou.

En somme, ils te disaient, les adultes : « Mais tu es folle ! » et toi, tu les trouvais assez fous ?

Un jour, déjà, j'avais posé une question : « Est-ce que sous Dagobert les personnes avaient des têtes grosses comme des citrouilles ? » Ça aussi, cette idée, prouvait que j'étais folle. Parce que le lustre était « un Dagobert », il était rond comme une couronne de roi en fer martelé et patiné, avec de fausses bougies qui pleuraient faussement, en bois sculpté. Je n'avais pas cinq ans alors, et les parents qui achetaient leurs meubles en avaient plein la bouche, du lustre Dagobert. Ils étaient tout contents, ces parents qui étaient de jeunes parents, qui n'avaient pas encore connu toutes les épreuves qu'ils ont eues ensuite. Ils étaient contents de déménager. Et surtout ils installaient l'électricité qu'on n'avait pas rue Gustave-Zédé, où l'on était éclairé par le pétrole. Alors, ils allaient mettre dans la salle à manger un lustre Dagobert avec des bougies « flamme » (des fausses bougies). « Qu'est-ce que c'est que des bougies flamme ? » Moi, je ne connaissais que les bougies qu'on allumait et qui n'avaient pas de flammes quand elles étaient éteintes. Là, c'étaient des bougies flamme, de fausses bougies avec des ampoules en verre torsadées et pointues et, en dessous, un tube en bois jaune avec des larmes toujours arrêtées au même endroit pour faire le semblant de cire fondue. Qu'est-ce que ça avait de beau, d'imiter des bougies ? Je me rappelle très bien que j'étais en plein dans la question du beau : puisqu'ils s'installaient, c'était beau, et puis je les écoutais parler de ça à table. Et je ne comprenais pas le beau des grandes personnes. C'était vraiment un problème, pour moi. « Mais pourquoi c'est beau, des fausses bougies ? – Mais tu n'y comprends rien ! » Il n'y avait pas de réponse. Pourquoi c'est beau que la lumière soit cachée ?

Dans le salon, ils s'étaient décidés pour « l'éclairage indirect ». Ça voulait dire des lustres avec des espèces de carcasses en fil de fer tout à fait comme les cuvettes d'avant l'eau courante. De cinquante à soixante centimètres de diamètre, elles étaient couvertes de pongé de soie de couleur tendre, rose, et, par-dessus, on recouvrait cette carcasse rose avec des broderies en dentelle « de binche » que Mademoiselle et Maman faisaient elles-mêmes, et moi aussi. On accrochait ces cuvettes aux anneaux du plafond avec quatre petits cordons. Dedans, il y avait des ampoules électriques. Un gland en dessous de la cuvette, au milieu, pendait. C'était très 1920 (en 1913 !), on appelait ça, c'était le fin du fin : « l'éclairage indirect » ; résultat, on ne voyait rien. On voyait une transparence de lumière, il y avait un rond clair au plafond, et puis, dans la pièce, on ne voyait rien. Et moi, je disais : « Pourquoi c'est beau, de ne rien voir ? » Et on me disait que je n'y comprenais rien.

Pour Dagobert, personne n'a jamais compris ma question. Pourtant, il y avait des contes de fées où des gens étaient des citrouilles, alors une couronne Dagobert, ça devait aller sur une tête de cette taille ! Je ne comprenais pas. En plus, on avait mis une plaque de verre dépoli en dessous, et les ampoules étaient dedans. On voyait plus que dans le salon, mais on ne voyait pas très bien. C'était vraiment très mystérieux, le beau.

Le déménagement, cela m'a posé le problème du sens du beau pour les parents. Mais le déménagement était aussi le merveilleux. C'était l'eau courante, l'eau chaude d'un côté, l'eau froide de l'autre, tout ça qu'on n'avait pas avant. Avant, on faisait chauffer l'eau sur la cuisinière, on l'apportait dans des brocs, et on prenait un tub, une grande cuvette plate en zinc, qu'on remplissait avec un seau, et on s'asseyait là-dedans. On a changé d'appartement et on a eu le « confort moderne ». On en avait plein la bouche, du confort moderne, l'électricité, l'eau courante chaude et froide, et des radiateurs par chauffage central. C'était formidable. Et puis, on avait la chambre des filles et la chambre des garçons, alors qu'avant on était tous ensemble. Il y avait aussi une salle d'étude et une chambre pour le ou les petits avec l'Anglaise. Le nouvel appartement était grand, quoi. Il y avait deux salles de bains. C'était vraiment un changement énorme : il s'est passé en fin d'année 1913.

Et là-dessus, quelques mois après le déménagement, la guerre de 14 a complètement transformé la manière de vivre de tout le monde. Plus d'ascenseur. Plus de chauffage. L'électricité en panne tout le temps. Dès le début de la guerre de 14, il n'y a plus eu mon père à la maison. Et puis ce froid, ce froid ! Et les restrictions, les cartes de pain, de sucre, de matières grasses. Et puis il y a eu ce drame de la mort de mon oncle, le frère de ma mère, qui était le seul fils de sa famille ; et après la guerre, la terrible grippe espagnole ; et après, en 1920, la mort de ma sœur, l'aînée de tous, qui est morte d'un cancer. Elle avait dix-huit ans.

Peux-tu parler de la mort de ta sœur ?

J'étais déjà grande fillette. J'avais douze ans, j'étais encore enfant de corps et d'esprit, mais ce qui est le plus terrible, c'est qu'on m'a annoncé, ma mère m'a annoncé, la veille de la première communion, que ma sœur avait une maladie mortelle, que les médecins ne savaient pas guérir ; mais que Dieu pouvait faire un miracle, qu'il faisait des miracles quand un enfant très pur faisait une prière. Elle se raccrochait à n'importe quoi, la pauvre femme, et elle m'a expliqué que personne ne pouvait être plus pur qu'un enfant qui fait sa première communion, donc, si je lui adressais une prière, Dieu ferait peut-être un miracle, qui paraîtrait peut-être un miracle aux médecins, qui peut-être se trompaient, en tout cas ma prière pourrait peut-être empêcher que ma sœur aînée ne meure. Et comme je n'ai pas su faire une prière assez bien, elle est morte deux mois après… et je me suis sentie tout à fait coupable, et ma mère me l'a confirmé. Elle m'a dit que j'étais coupable. Elle m'a dit, premièrement : « Tu vois, tu n'as pas su prier. » Deuxièmement, elle n'a pas voulu me voir pendant quinze jours : non pas à cause de ma prière inefficace, mais parce que moi, j'étais son autre fille, elle n'avait que deux filles (sur six enfants à cette époque), et j'étais la fille qui lui ressemblait, brune aux yeux bruns, alors que ma sœur, blonde aux yeux bleus, ressemblait à la fois au père de ma mère qu'elle avait adoré, et à la sœur de mon père, celle de ses sœurs qu'il préférait et qui était blonde aux yeux bleus aussi. Si bien que Jacqueline était des deux côtés l'enfant qui

Sur la plage de Deauville. Au-dessus du n° 23, Françoise.
À l'extrême gauche, sa sœur Jacqueline.
Les deux garçons, à droite, sont ses frères Jean et Pierre.

rappelait leur amour d'enfant à nos deux parents. Ma mère ne pouvait pas supporter qu'ayant dû perdre l'une de ses filles, ce n'ait pas été moi, la morte. Elle était dingue dans sa douleur de mère.

Et qu'est-ce que tu en pensais, toi, à ce moment-là ?

J'avais beaucoup pitié d'elle, et je pensais qu'elle avait bien raison. D'autant plus que, moi, j'aurais été très curieuse de mourir. Je n'avais aucunement peur de la mort. La mort pour moi, c'était retrouver l'oncle Pierre qui avait été mon fiancé, et dont je me croyais une veuve à vie. Pour moi, je ne devais jamais me marier, parce qu'une veuve de guerre, ça ne se remariait pas chez les gens « comme il faut ». Veuve de guerre à sept ans ! D'ailleurs, tout le monde racontait que l'une de nos amies avait été fiancée, avait perdu son fiancé à la guerre, et que quand on aime un fiancé, on ne se marie pas si on l'a perdu. Elle ne s'est jamais mariée, et elle est devenue médecin. Quand une veuve de guerre se remariait, tout le monde lui tournait le dos, on ne lui parlait plus.

Et une personne divorcée ! Il y avait, parmi les amis de mes parents, une femme que son mari trompait et a quittée, elle avait deux fils à la même école que mes frères et elle s'ennuyait terriblement. Elle venait voir mes parents qui étaient gentils avec elle, mais ils ne la recevaient qu'après dix heures du soir. Il ne fallait pas que les gens sachent qu'on recevait une femme seule, qui avait été plaquée par un mari. C'est fou : alors que mes parents, eux, comme ils disaient, ils avaient « l'esprit large » ! Ils la voyaient, mais il ne fallait tout de même pas que, par réputation, on les croie des gens « pas bien ». Ensuite, il y a eu une femme qui était veuve de guerre, restée seule avec ses fils, et dont les fils, qui étaient certainement œdipiens, disaient qu'elle voyait un autre monsieur : on ne l'a plus vue à ce moment-là. Elle est venue un jour demander conseil à mes parents, parce qu'un de ses fils était insupportable, et ils l'ont reçue aussi le soir tard. J'ai demandé pourquoi, et on m'a répondu que cela ne me regardait pas. Et puis ma mère a expliqué : « Elle n'est pas tout à fait comme il faut, mais elle est dans la peine avec son fils, alors nous essayons de l'aider. » « Comme il faut », c'était le mot.

Et la vie quotidienne après la guerre, comment c'était ?

Pour comprendre, il faut revenir un peu en arrière. Il y avait le confort moderne quand on s'est installés, mais il n'a pas duré longtemps, puisque la guerre est arrivée, et il n'y avait plus pendant quatre ans ni chauffage ni eau chaude. Même ma mère a dû aller avec l'institutrice et une voiture à bras, prêtée par le bougnat du coin, jusqu'au quai de la Seine où l'on délivrait du charbon pour les familles nombreuses. Elles sont revenues toutes les deux en tirant cette chose, et je crois que Pierre, qui devait avoir douze-treize ans, est allé les aider pour tirer et pousser parce qu'on ne donnait le charbon et le bois à brûler qu'à la mère de famille elle-même. Il y avait aussi le « fourneau ». C'étaient les religieuses de Saint-Vincent-de-Paul qui distribuaient un repas gratuit pour midi. Il n'y avait pas de Sécurité sociale, alors on nourrissait les pauvres qui faisaient la queue au fourneau. Il y avait là des pauvres, mais il y avait aussi des veuves de guerre, des vieillards qui devaient être des grands-pères et ne voulaient pas coûter à leur fille devenue veuve, des bourgeois d'aspect, d'habits, avec chapeaux melons, qui attendaient comme ça, avec leur assiette. Notre institutrice nous enseignait à ne pas les regarder parce que ça leur faisait de la peine, alors on passait honteux d'avoir, nous, de quoi manger. C'était rue du Ranelagh, en face du lycée Molière. Toute mon enfance, il y eut tous les jours la queue devant le fourneau ; il y avait des gens qui étaient méritants, et puis il y avait les saoulards, les ivrognes, les clochards, je ne sais plus comment on les appelait, mon père disait un bougre, des pauvres bougres. On ne savait pas très bien lesquels étaient respectables et lesquels ne l'étaient pas. C'était toute une autre vie ; c'est une vie comme au XIXe siècle par rapport à ce qui s'est passé depuis. Et surtout après la Sécurité sociale, qui n'est venue qu'en 1936. Je me rappelle les premières grèves, en 1921 ou 1922 ; les magasins Luce (un grand épicier près de chez nous) ont été occupés par les employés, qui étaient là, derrière les grilles, comme des animaux au zoo. Et puis les métros et les autobus étaient en grève. Et alors, les dames et les messieurs bourgeois bénévoles allaient assurer le service des tickets d'autobus, de tramways, conduire les autobus. Ils brisaient les grèves, en fait.

À ce moment-là, l'Amérique, le Nouveau Monde, ça te faisait rêver ?

Ça, c'est très lié à l'histoire de mon père pendant la guerre. Mon père a été mobilisé ; il est parti, mais il a été remis tout de suite à la direction de son usine comme père de six enfants. Il y était tout de même comme mobilisé, donc en officier. Et ensuite, il a été très vite nommé à Tarbes où il dirigeait une poudrerie, à l'arsenal de Tarbes. Pendant qu'il était à Tarbes, c'était la première année de la guerre, celle où nous (excepté Jacqueline et Pierre, les deux aînés) étions à Deauville. Les aînés, pour leurs études, vivaient à Paris, chez ma grand-mère maternelle. Après ça, mon père a été renommé à Paris, et c'est de là qu'il est parti aux États-Unis sur un bateau, le *Rochambeau*, avec le danger d'être torpillé. C'était un an avant que les Américains n'entrent en guerre, et lui était allé là-bas pour essayer qu'ils aident l'Europe en se mettant du côté des Alliés.

Il est revenu avec le premier acier inoxydable, sous la forme du couteau qui est ici. Le couteau inoxydable de Sheffield. Et il ne voulait pas y croire, et il a mis le couteau dans un citron pendant je ne sais combien de jours pour voir si vraiment il était inoxydable. À part ça, il coupait mal. Un jour, mon père a expliqué que le couteau ne résisterait pas si on l'aiguisait, et il a dit que toutes ces innovations… c'était de la saloperie, qu'il valait mieux des couteaux en acier oxydable. Tout ça, c'étaient les premières choses incroyables et neuves : et c'est vrai que l'acier inoxydable n'était pas aiguisable. Alors, son couteau… très vite, il ne coupait plus. Mais c'était un souvenir d'Amérique.

Il est revenu aussi avec la musique de *la Marche des petits soldats de bois* (dès qu'il y a eu les premiers disques, il a acheté l'enregistrement), et aussi *O sole mio*, qu'il chantait en se rasant (avec le rasoir dit « sabre ») tous les matins. Il avait une très belle voix de baryton. Les États-Unis me semblaient être un endroit de fête, puisqu'il en avait rapporté une chanson.

Mon père, en somme, était très intéressé par son expérience des États-Unis, et il en parlait souvent. Dès que le cinéma s'est popularisé, tous les dimanches il nous emmenait au cinéma. Dès les premiers films – muets, bien sûr –, nous avons été beaucoup au cinéma de la rue de Passy, avec mon professeur de violon qui jouait dans le trou devant l'écran pour accompagner les films et les actualités. Je me rappelle les premiers films de Rigadin, puis Charlot, Douglas Fairbanks, Tarzan, Errol Flynn. Les westerns. Les premiers films, je les ai certainement vus assez vite, par rapport à d'autres enfants. Alors que nous avons mis très longtemps pour avoir une voiture, puisque mon père n'a eu une voiture qu'en 1932, Pierre, lui, a acheté une voiture en 1924, mais, nous, la famille, n'en avons eu une qu'en 1932, et c'est moi qui la conduisais, ma mère ensuite. Dès qu'il a décidé d'acheter une voiture, une B2 Citroën, sa première voiture (puis une B4, une B6, etc.), mon père m'a fait prendre le permis de conduire. Lui-même a passé le permis, comme ma mère, mais il se sentait trop nerveux pour conduire.

Mais l'Amérique, en fait, ce n'était pas seulement toutes ces nouveautés. J'en rêvais aussi parce que je savais que les O'Vernay, famille de la grand-mère maternelle de ma mère, étaient venus de là. Une grand-mère originaire de la Manche était partie en Amérique épouser un O'Vernay, un ex-Irlandais, officier de marine américain, et donc mon arrière-grand-mère, Cécile Secrétan, était née O'Vernay, en 1830, en Amérique. Son père, O'Vernay, a fini sa carrière comme amiral. Il devait être, lui, métis, parce que ses sœurs, les demoiselles O'Vernay, les arrière-grands-tantes sur les photos, ont vraiment l'air métis amérindiennes. Mais, à ce moment-là, je n'avais pas très bien compris la famille. En fait, on ne comprend bien les générations familiales qu'à partir de seize ou dix-sept ans, je crois. On ne s'intéresse aux racines de sa famille que tard ; avant, on entend comme ça, mais on ne s'y intéresse pas.

On reconnaît bien les familles des deux côtés, mais surtout pour des affinités ou des inimitiés, des tensions familiales. On reconnaît un peu que ce n'est pas le même style de vie, le côté Papa et le côté Maman ; qu'il y a sûrement un passé différent ; mais on n'en est pas vraiment conscient. On n'est pas conscient de l'ambiance différente des deux familles, on est conscient de ce que, si on les aime, il ne faut pas trop en parler. On ne peut pas parler à Maman de ce qu'on aime dans la famille paternelle, de même que, si on parle à Papa de la famille maternelle, il n'écoute pas, alors que, si on lui parle de ce qu'on a fait quand on est allé dans la famille paternelle, il est très attentif, pendant que Maman ne l'est pas. C'est comme ça qu'on voit qu'ils ne sont pas frère et sœur. Au début, rien ne vous dit que votre père et votre mère ne sont pas frère et sœur. Pour nous, ce n'était pas évident, d'autant que mon père appelait « mère » la mère de Maman, et Maman de même la mère de Papa. Chacun, bien sûr, appelait « Maman » sa mère respective. Les deux familles étaient originaires de Paris. Ce n'était pas le même quartier ni le même style de vie. Il y avait un style bourgeois-luxe du côté de Maman, XVIe arrondissement, et un style bourgeois-aisé mais simple du côté de Papa, XIVe arrondissement. Du côté de ma mère, il y avait des domestiques, et, du côté de mon père, les femmes faisaient elles-mêmes la cuisine, un peu aidées pour les gros travaux par une femme ou un homme à l'heure. C'était la seule différence, la différence principale, vue par les enfants. Dans la famille de Papa, ce qu'on mangeait de bon, elles, ma grand-mère ou ma tante, l'avaient fait exprès pour nous, alors que, dans la famille de Maman, ce qu'on mangeait n'avait pas d'importance parce que c'était fait par des domestiques. On était touchés par l'oralité dans la famille de Papa, parce que c'étaient les personnes qu'on aimait qui faisaient la cuisine pour nous faire plaisir. Dans la famille de ma grand-mère maternelle, on était beaucoup plus touchés par le décorum et les rituels que par la consommation elle-même, puisque ce n'était pas elle, la famille, qui faisait la cuisine. Elle la commandait à des gens qu'elle payait ; de l'autre côté, c'était fait par les personnes elles-mêmes. Il y avait là quelque chose de très touchant pour l'enfant, très affectif. Mais on était étonnés de voir que Maman n'était pas aimée dans la famille de Papa et que la famille de Papa

Henry Marette, le père de Françoise,
entre ses sœurs Charlotte (à sa droite)
et Louise (à sa gauche), en 1878.

n'était pas aimée de Maman. On y allait avec Papa, mais Maman n'y venait pas, une fois sur deux, elle s'inventait une bonne excuse parce qu'elle les trouvait « ordinaires », pas « vulgaires », précisait-elle, mais « ordinaires ». C'était vrai, ils auraient tous pu être commerçants ou artistes, d'ailleurs mon oncle (par alliance) était artiste-graveur, et sa fille, ma grande cousine, violoniste professionnelle. Mais on ne parlait que du rôti, comment on l'avait cuit, si la salade était bonne, on ne parlait que de la façon dont on avait pensé la nourriture, acheté les aliments, leur prix, tout cela pendant qu'on mangeait. Au café (que je servais aidée de ma tante), on parlait de tout ce qui concernait la table, les vins (ma grand-mère paternelle était bourguignonne), les plats de « saison », il n'y avait pas d'autre conversation, et ma mère n'aimait pas parler de nourriture. On parlait aussi des enfants, de nos résultats scolaires. Des auditions de ma cousine, de son professeur de conservatoire. De la politique, mais alors, on se disputait.

Ma mère a fait une chose très bien pour chacun de nous, elle nous a préparé à chacun un album de famille avec les photos des ancêtres, des parents et de chacun de nous depuis son enfance. C'est très précieux : non seulement pour nous quand elle nous l'a donné (moi, j'avais déjà les enfants), mais pour nos enfants maintenant. Dans cent ans, ce sera encore plus intéressant, parce que ce sont les premiers daguerréotypes. Dans la famille de ma mère, ils ont été photographiés depuis le début, tout jeunes. Il y a moins de documents-images du côté famille paternelle. Maman a fait retirer toutes ces photos chez Kodak et, avec ces séries de photos, elle a composé six albums identiques pour ce qui est du passé, mais, pour chacun de nous, c'est à partir de sa naissance, l'histoire de chacun à travers les photos qui le concernent.

Mais pour faire la photo, il y avait un cérémonial ?

Voilà : on allait chez le photographe, *À l'enseigne de Nadar* d'abord, puis *Chez Pierre Petit, élève de Nadar*. On y allait tous ensemble, on était assis sur des petits poufs… mais, très vite, ma mère a fait elle-même, en amateur, des photos ; elle en avait déjà fait jeune fille alors que c'étaient de gros machins avec des plaques. Elle a fait beaucoup de photos, ma mère, dès sa jeunesse (elle a fait de la bicyclette aussi, dès le début), et la plupart des photos de sa jeunesse sont des photos d'amateur. Nous avons eu très peu de photos de photographe : pour nous, nous n'avons presque que des photos d'amateur. Une fois par an, avant la guerre, elle nous emmenait chez le photographe. Après, c'est moi qui ai fait des photos avec son vieil appareil, sa caisse à plaques. Cette photo de mon père et ma mère jouant aux échecs, je l'ai faite avec le vieil appareil à plaques de Maman. Mes parents jouaient aux échecs matin et soir après le déjeuner et après le dîner ; ils chantaient aussi, seuls ou en duo, et ma mère était bonne pianiste.

Ils étaient très gais avant la guerre, et encore avant la mort de ma sœur. Après, une sorte d'éteignoir est tombé sur la maison. Ça a été très, très dur. Quand Jacques est né, en 1923, cela a un tout petit peu arrangé les choses, Maman est sortie de sa grande dépression, mais elle n'a jamais retrouvé son caractère primesautier et passionné, sa fougue pour la musique ou les idées, le patriotisme, la science, surtout la médecine et la biologie.

Comment as-tu pris la naissance de ton frère ?

Jacques ? J'avais quinze ans. Avec beaucoup de joie, parce que cela était tout de même le renouveau dans la maison. Cet enfant apportait quelque chose comme le vent du large. Et puis mon frère aîné, à ce moment-là, était parti, il était à Saint-Cyr ; Jacques est né quand Pierre était à Saint-Cyr, déjà. Moi, j'avais quinze ans. Et comme ma mère aurait voulu avoir une fille blonde aux yeux bleus et que c'était un garçon brun aux yeux bruns, elle n'a fait que l'allaiter, et elle pleurait toutes les larmes de son corps parce que ce n'était pas une fille, et c'est moi qui m'en suis occupée. Mais elle l'allaitait. Elle nous a tous allaités un an, ce qui était extraordinaire, puisque à cette époque-là, déjà, les mères bourgeoises n'allaitaient plus leurs enfants. Mais c'était un des principes de mon grand-père maternel : une femme doit donner le sein à son enfant pendant un an. Alors, elle l'a toujours fait, parce qu'elle était très fixée à son père, et je crois que c'est énorme ce qu'elle a fait là.

Et quand moi, j'ai failli mourir à six mois, d'une double broncho-pneumonie, c'est ma mère qui m'a sauvée en me gardant contre elle pendant toute la nuit sans me remettre dans le berceau, serrée contre son sein. Elle m'a tout à fait sauvée. C'était au départ de ma première nurse, une Irlandaise de bonne famille qui était une droguée cocaïnomane, mais ma mère ne s'en était pas aperçue. C'est au cours de ma psychanalyse que j'ai revécu le drame, sans ça je ne l'aurais jamais su. C'est très curieux, dans ma psychanalyse, je tournais tout le temps avec des rêves autour de souvenirs qui étaient associés à « rue Vineuse », comme si c'étaient des orgies à la *Quo vadis*, avec un rideau de cheveux roux odorants qui cachait des nappes où il y avait des verres de champagne. Un jour, mon psychanalyste me dit : « Demandez à votre mère si le mot "rue Vineuse" lui dit quelque chose. » J'ai demandé à ma mère, qui s'est étonnée ; je lui ai expliqué que, dans ma psychanalyse, j'avais beaucoup de rêves autour de la rue Vineuse et que le psychanalyste pensait que c'était quelque chose de ma toute petite enfance. « Est-ce qu'il y avait quelqu'un chez qui nous allions, rue Vineuse, assez souvent ? » Elle détestait que je fasse une psychanalyse, mais, ce jour-là, elle a été complètement stupéfaite. Elle m'a dit : « C'est extraordinaire ce que tu me demandes là, parce que quand tu étais bébé, ta voiture d'enfant était toujours devant un hôtel de la rue Vineuse, on le sait parce que nous avons fait filer la fille qui s'occupait de toi. » Des bijoux et des robes de Maman disparaissaient puis réapparaissaient. Ça l'étonnait, et puis elle se disait : « Tiens, je m'étais trompée… » Elle avait une « rivière de diamants », qu'un soir elle a voulu mettre pour sortir (c'est une broche longue avec des diamants les uns à côté des autres), elle ne l'a plus trouvée. C'était le cadeau de mariage le plus prestigieux qu'elle ait reçu. Elle était bouleversée.

Mon père aussi. Rien à faire, la rivière n'était plus là. Alors ils ont porté plainte, et la police a fait une enquête et a filé les différentes personnes qui habitaient à la maison ; et on a vu que moi, au lieu d'aller au Ranelagh, ma voiture d'enfant était devant un hôtel de la rue Vineuse. Conduite par la jeune Irlandaise qui s'occupait de moi. C'était une fille charmante qui m'adorait, qui parlait un très bon anglais et dont Maman était très contente, parce qu'elle entretenait son anglais avec cette fille de bonne famille, sœur d'avocat et fille de juge. Elle a pleuré, elle a rendu non seulement la « rivière de diamants », intacte, mais aussi d'autres bijoux, elle a demandé pardon à genoux à Maman, elle lui a dit : « Je ne suis pas une voleuse, je vous les aurais remis, c'était pour être belle que je prenais vos robes… » Elle se déguisait donc avec les robes et les bijoux de Maman, pour aller dans cet hôtel qui était un hôtel de passe luxueux, disait la police, où l'on avait de la cocaïne, et elle était droguée. Elle voulait rester à la maison, promettait à mes parents de ne plus sortir… mais Maman n'avait plus confiance en elle. On lui a promis de ne rien dire à sa famille, ses père et frères qui l'avaient envoyée en France pour l'assagir et apprendre le français. Elle avait perdu sa mère jeune. Je pense que ce n'était pas étranger à son lien pseudo-maternel, « céleste », à la petite boule de vie que j'étais. Ma mère a seulement écrit, pour expliquer son retour à sa famille, qu'elle n'avait plus besoin d'elle. Il paraît qu'elle a été reconnaissante à ma mère et lui a écrit une ou deux fois, en demandant de mes nouvelles.

Donc, quand Maman l'a renvoyée dans sa famille du jour au lendemain, trois jours après j'avais une double broncho-pneumonie, sans nul doute l'effet de l'arrachement de cette fille qui m'adorait, paraît-il. Mais, curieusement, ni Maman ni le médecin n'ont fait le rapport entre ma maladie et le départ de l'Irlandaise.

Maman m'a raconté qu'un jour, c'était bien avant l'histoire de la filature de police, comme elle nous avait emmenés tous les quatre à la campagne près de Paris, sur conseil médical, en avril-mai, dans une villa louée pour deux mois parce que nous avions tous eu la coqueluche (c'était, je crois, à Ville-d'Avray ; j'étais de novembre, donc j'avais cinq à six mois), elle avait dû nous quitter pour se rendre à Paris un après-midi : elle revient pour ma tétée, et elle me voit tout en bleu ! Robe bleue, chaussettes et souliers bleus, bonnet bleu, tout avait été teint en bleu ! « Ah ! elle est si belle en bleu, comme un ange dans le ciel », dit la nurse farfelue à ma mère, un peu amusée mais furieuse. Il paraît que moi aussi, cette Irlandaise, je l'adorais ; mais ma mère ne se rappelait même pas son nom ! D'ailleurs, j'ai parlé ou plutôt compris l'anglais avant le français : mes parents devaient me parler anglais pour que je rie et que je comprenne ce qu'ils me disaient. Tellement j'étais aimée par cette fille ! Peut-être est-ce pour ça que je suis originale aux yeux de la famille : peut-être que ce sont ces huit premiers mois d'amour de cette jeune Irlandaise douée, artiste et paumée. On ne saura jamais.

Mais c'est drôle que ce soit une trouvaille de la

psychanalyse. Sans ces souvenirs ravivés de ma mère, questionnée par moi au sujet du rôle du nom d'une rue du quartier dans ma vie, je n'aurais rien compris de la réalité rémanente dans les rêves et les fantasmes. En fait, c'est ce tout, le vécu, qui est à décrypter en analyse de ce qui reste dans l'inconscient et qui était non dit, refoulé. L'enfant, dans son rapport au temps, vit des événements importants avec ses parents, mais il n'en garde que des traces véritables ou des souvenirs-écrans dans un espace inquiétant dont les adultes seuls ont la clé.

C'est toujours l'espace-temps comme mystère…

J'ai parlé déjà des taxis les jours de grands voyages, de départ en vacances. C'était une relation à Paris – qu'on quittait – exceptionnelle : en partant toujours de la maison et en allant toujours à la même gare. Mais les déplacements quotidiens, à pied, en « omnibus », très rarement en métro, à l'époque, posaient des problèmes spatiaux beaucoup plus variés et qu'on vivait comme des sauts de puce qui dépaysaient.

Je me rappelle très bien, petite, quand notre institutrice est arrivée, juste avant la guerre, et qu'on m'a mise continûment avec elle et les grands, parce que les bonnes et la nurse qui s'occupait de Philippe, quatre ans de moins, ne me supportaient plus. Il n'y avait que Suzanne, la dame de couture, qui me supportait, les deux jours où elle venait. J'étais trop vivante, je ne restais pas assise sans rien faire à côté d'elles : je voulais faire quelque chose, je posais des questions, j'étais trop curieuse. Mademoiselle est arrivée quand j'avais quatre ans et demi, donc, et à partir de là, j'ai toujours été me promener avec elle, qui était venue aider Maman pour les vacances, puis ensuite, l'année entière pour les grands. Elle était luxembourgeoise. Elle avait été institutrice de la jeune sœur de ma mère et l'était encore quand ma mère et mon père s'étaient connus puis mariés. Elle était à peine plus âgée que ma mère et racontait avec humour qu'elle avait joué, en 1899, le rôle de duègne, marchant à dix pas derrière eux, quand mon père et ma mère, fiancés (ils se sont mariés en 1900), sortaient dans la rue. Un homme et une femme, jeunes, non mariés, ne pouvaient pas sortir ensemble. Ça faisait jaser ! Mademoiselle était donc notre institutrice, mais aussi une amie de la famille. C'est Jacques, beaucoup plus tard, qui l'a surnommée « Mémé ». Je me rappelle très bien que je demandais à Mademoiselle avec inquiétude : « Vous connaissez le chemin pour rentrer à la maison ? » J'étais tellement fatiguée quand on rentrait, on marchait vite, on allait loin dans Paris, je pensais : « Comme c'est magique, que les grandes personnes connaissent le chemin quand elles quittent un endroit ! » Et on comprend très bien par là le Petit Poucet. C'est tout à fait comme ça, un enfant : le chemin pour rentrer doit comporter des jalons qui permettent de le reconnaître, des jalons matériels, parce qu'il n'a pas, l'enfant, la représentation du plan de la ville ; alors il est perdu dans des espaces nouveaux, et il ne sait pas comment joindre l'espace actuel à l'espace qu'il a quitté deux heures plus tôt. Surtout à partir du moment où un enfant est mis dans un moyen de locomotion. Avant les tramways, c'étaient les « omnibus à six chevaux », ça s'appelait « omnibus ». Les omnibus avaient une « impériale », c'est-à-dire des voyageurs sur le toit. Après, il y a eu les omnibus à trolley, les « tram » à traction électrique, puis, vers 1930, les autobus à essence. À partir du moment où l'enfant est mis dans un véhicule comme ça, il ne trouve plus du tout les mêmes repères que quand il est à pied ; et quand le véhicule vous arrête à un endroit, il n'y a plus aucun rapport entre cet endroit, le quartier où l'omnibus dépose l'enfant avec la grande personne qu'il accompagne et l'endroit où ils sont montés, l'endroit connu qu'ils ont quitté. Du fait qu'il n'y a pas eu de chemin fait à pied, c'est encore plus mystérieux. Tout est dans un autre monde, tout à coup. Je me rappelle très bien ces espaces qui n'avaient pas de rapport les uns avec les autres : finalement, on rentrait à la maison, le soir, et ce qui me semblait tout à fait mystérieux, c'est que la grande personne connaissait le chemin pour rentrer à la maison.

Après tout ça, vient le « quand je serai grande… ». Le « quand je serai grande », c'est tout ce qu'on trouve curieux dans ce que font les grandes personnes et qu'on se dit qu'on ne fera pas comme elles. Je n'ai jamais eu de sentiment de blâme à leur égard. C'était l'étrangeté des grandes personnes que je constatais. Je ne me disais pas que c'était mal ou pas juste, non. Je ne leur reprochais rien : cela allait de soi, elles étaient comme ça, c'était leur espèce ; je les trouvais simplement étranges. Et je me demandais comment, ayant été petits et étant devenus grands, les gens pouvaient être si étranges, puisqu'ils avaient aussi été des enfants. Et je me disais : « Quand je serai grande, je tâcherai de me souvenir de comment c'est quand on est petite. » Une chose énorme, qui m'a aidée à vivre dans la réalité, ça a été le journal d'enfants qui venait tous les huit jours. Voilà encore une chose qui ponctuait la semaine, l'arrivée du journal, *la Semaine de Suzette*. Et avant ce journal hebdomadaire, montrant des enfants comme moi, il y avait eu des journaux d'enfants anciens, qui étaient reliés et qui avaient été les journaux d'enfants de mes parents, de ma mère chez ma grand-mère, et aussi de très anciens petits livres, chez mon arrière-grand-mère, qui dataient de l'enfance de ma grand-mère. Culturellement, ça a été très important : qu'il y ait eu des livres et des journaux publiés avant 1870 déjà, avec sur les images des enfants qui étaient habillés comme sur les photos, comme mes grands-parents jeunes et surtout mes parents du temps qu'ils étaient petits. Ces journaux aux pages jaunies racontant des histoires pour les enfants qui m'intéressaient autant qu'elles avaient dû intéresser mes parents quand ils étaient petits, alors ça, pour moi, ça a été quelque chose d'énorme : pour me faire aimer la société. La société avait pensé à faire des journaux pour les enfants, à raconter des histoires, et à les dessiner, pour intéresser des enfants qui avaient été pareils à ce que j'étais, puisqu'ils s'intéressaient aux mêmes choses. Je sais que cela a été très important pour me faire vivre : penser qu'il y avait des gens qui comprenaient les enfants ailleurs que dans notre famille, et que c'était une personne comme ça que je voudrais devenir. Je le savais très jeune, puisque à huit ans je disais que je voulais devenir médecin d'éducation. La famille me demandait ce que c'était, et je répondais : « Je ne sais pas, mais il faudrait que ça existe. » Parce que les petits, à la maison, réagissaient souvent d'une façon psychosomatique quand il se passait quelque chose entre l'Anglaise et la cuisinière, par exemple. Philippe vomissait, André faisait du faux croup ; or, il y avait eu une histoire, moi je savais très bien ce qui s'était passé, et Maman ne savait pas. On appelait le docteur qui disait de mettre l'enfant à la diète, qu'il ne mange pas, qu'il ne sorte pas. Et l'enfant était furieux de ne pas manger parce qu'il avait soi-disant vomi, il n'était pas malade du tout, c'était une chose émotionnelle et du coup on avait des réactions en chaîne, des manifestations de mauvais caractère aussi bien de l'enfant que de l'Anglaise qui se sentait coupable : elle avait bu (les Anglaises buvaient beaucoup), et ma mère ne le savait pas, alors que moi je le savais, elle avait bu de l'eau de Cologne, du whisky, je ne sais quoi, elles avaient des bouteilles, des *little bottles* qu'elles cachaient dans les habits des enfants, et elles n'étaient pas saoules, mais elles étaient drôles, elles étaient bizarres quand elles avaient bu, pas comme d'habitude, quoi. Moi, je ne savais pas ce que ça voulait dire. C'était drôle. Mais ça avait comme résultat que l'enfant était malade, que le docteur venait et qu'au lieu que l'on dise : « Mais c'est parce qu'il y a eu une dispute autour de lui », c'était l'enfant qui ne devait plus sortir, pas manger, et alors on s'inquiétait de nous tous, si on ne commençait pas une maladie, une incubation de ceci ou cela, ça s'appelait. Et on nous prenait la température, parce qu'il y avait le frère qui avait vomi : parce que la nurse avait pris de l'eau de Cologne. Ça faisait des choses en chaîne assommantes dans la famille. En tout cas, moi, je savais ce qui s'était passé et je disais : « Je serai médecin d'éducation. » Un médecin qui sait que, quand il y a des histoires dans l'éducation, ça fait des maladies aux enfants, qui ne sont pas des vraies maladies, mais qui font vraiment de l'embêtement dans les familles et compliquent la vie des enfants qui pourrait être si tranquille ! Et, en somme, c'est un peu ça que j'ai fait.

Ça a été une enfance emprisonnée dans la famille, en somme.

Je n'avais pas d'amis. Je ne suis pas allée à l'école avant six ans et, quand j'y suis allée, c'était toujours pour un cours d'une heure ou deux heures seulement, avec l'institutrice assise derrière nous. On faisait des devoirs seuls, « sur table », au cours Sainte-Clotilde, et on y récitait des leçons de la semaine pour prouver qu'on avait travaillé à la maison. Donc, je travaillais seule, intelligemment et discrètement contrôlée par Mademoiselle qui ne m'aidait qu'à ma demande. C'était une bonne pédagogue. À part un cours puis deux par semaine, qui orchestraient le programme officiel de sciences et de lettres, je prenais des leçons d'anglais à la maison avec un professeur qui passait un après-midi avec nous tous ; on prenait le thé anglais avec elle, Mademoiselle et Maman.

La famille Marette en 1918.
À l'extrême droite, Françoise.

Jamais je n'ai pris un repas hors de chez ma mère ou ma grand-mère jusqu'à vingt-cinq ans. J'ai été parfois invitée à goûter chez une amie, quand j'avais douze-treize ans, mais jamais à déjeuner. Quand j'allais goûter chez Agnès, une amie connue « au cours », c'était une chose extraordinaire : Agnès, qui est entrée au couvent quand nous avions toutes deux dix-huit ans, je l'avais connue seulement parce que sa mère avait connu la mienne et que sa sœur aînée était au cours dans la classe de ma sœur aînée Jacqueline. Sa mère aurait voulu empêcher Agnès d'aller au couvent, pour lequel elle disait avoir la vocation, ce que je ne savais pas. Mais, paraît-il, elle comptait sur moi pour lui changer les idées. Elle, Agnès, avait quitté le cours assez jeune et avait fait ses études au couvent des Oiseaux, où elle s'était entichée d'une religieuse, sans doute bonne pédagogue. Elle est, de fait, entrée à ce couvent.

Bref, je n'ai jamais eu d'amie chez qui je sois allée prendre un repas. Nous n'avions pas le droit d'avoir des amis, d'ailleurs, sous prétexte que nous étions déjà assez nombreux en famille. Sur la plage, nous n'avions pas le droit de jouer avec les autres enfants ; il n'y avait pas de club d'enfants sur la plage, à cette époque-là. Quant à la gymnastique, il y avait un professeur, homme ou femme, qui venait à la maison une fois par semaine, et ma mère veillait à nous faire faire les exercices indiqués par lui une autre fois dans la semaine. En vacances, nous avons fait du tennis dès l'âge de douze ans, mais sans jamais prendre de leçons : ma mère et Mademoiselle y avaient joué autour de 1900 déjà. Il y avait aussi la bicyclette, mais toujours en vacances. Quand j'ai eu dix-huit ans, j'ai fait du sport, de l'athlétisme dans un stade, parce que les petits, Philippe et André, y étaient allés avec leur école ; mais j'en faisais en leçons particulières, parce que je voulais maigrir !

J'ai commencé à sortir seule vers dix-huit ans seulement, et très peu ; d'ailleurs, je n'avais jamais un sou, jamais d'argent, alors je ne pouvais rien faire ; ma mère me donnait des tickets d'autobus, et je ne prenais jamais le métro seule. Il y a eu les autobus pour aller seule à mes leçons de chant ou de violon, de sport, mais quand j'ai eu vingt ans seulement. Ma mère s'inquiétait des rencontres possibles, dans les transports en commun. L'école, qui était un peu loin, j'y allais toujours à pied, mais j'y allais deux fois par semaine, c'est tout, et presque toujours Mademoiselle venait me chercher, ou alors elle me conduisait. L'argent, c'était un vrai problème. Quand j'avais des prix, parce que j'avais de bonnes notes, je recevais un petit peu d'argent, mais cet argent était tellement dérisoire que j'avais juste de quoi acheter un journal d'enfant, c'est tout. Les journaux d'enfants, sûrement, ça a été ma joie, j'ai eu les anciens journaux reliés de la famille, et puis, au moment du Jour de l'an, je me faisais donner *la Semaine de Suzette* reliée ; et une année, heureusement, ma grand-mère m'a demandé si je voulais être abonnée. À partir de ce moment-là, je l'ai reçue. Et puis il y a eu *l'Écho de Paris*, le journal des parents, qui a publié une page des enfants le dimanche à partir de 1920, quand j'avais douze ans ; il y avait un concours tous les huit jours, je le faisais et je l'ai gagné tellement de fois qu'on m'a mise hors concours. Je suis allée à *l'Écho de Paris*, place de l'Opéra, avec Mademoiselle, bien sûr, pour chercher mon prix. Il y avait là Jaboune (Jean Nohain), qui était tout jeune et faisait alors la page des enfants à *l'Écho de Paris*. J'avais gagné le premier prix trois fois de suite avec des dessins sur un thème donné. Le dernier, c'était : « Comment vous représentez-vous Jaboune ? » J'avais sculpté un petit buste d'homme en terre à modeler achetée près du cours. Alors, il m'a dit qu'à partir de maintenant, j'étais honoraire : parce qu'il fallait bien que les autres gagnent aussi.

C'est à quel âge que tu te faisais des postes de radio ?

Cela a commencé très jeune, avant qu'il y ait commercialisation des postes à galène ; tout de suite après la guerre ; nous allions chez un horloger qui avait une boutique minuscule (le cordonnier, aussi, était un monsieur minuscule). Quand l'horloger mettait une montre à l'heure, il décrochait son écouteur, il avait son petit poste à galène et il avait l'heure de la tour Eiffel. C'est lui qui m'a donné l'idée de faire un poste à galène. J'avais dix ans. Et puis je gagnais de l'argent avec mes places : quand on était premier, on avait un franc ; un franc c'était beaucoup : quand on avait cinq francs, on pouvait acheter quelque chose, à cette époque-là. (Je recevais aussi parfois un peu d'argent le jour de mon anniversaire et au Jour de l'an.) Mademoiselle s'achetait des bas à dix-neuf sous, donc à moins d'un franc. J'avais acheté avec mon argent, un jour, *le Petit Sans-Filiste*. Ça expliquait comment on pouvait faire un poste sans fil, un poste à galène de télégraphie sans fil. Flanquée de Mademoiselle, intriguée, goguenarde, je suis allée au « Pigeon voyageur », qui se trouve toujours boulevard Saint-Germain, pour acheter les pièces qu'ils indiquaient, et cela faisait une certaine somme : j'avais demandé à tout le monde qu'on me donne, au lieu de cadeaux, de l'argent pour le Jour de l'an. Alors, j'ai fabriqué un condensateur à lames ; on trempait les lames dans de la paraffine, et puis on les assemblait les unes au-dessus des autres en deux séries verticales qui pouvaient s'imbriquer les unes dans les autres ou se disjoindre les unes des autres, et ça faisait le son. Pourquoi, je ne savais pas. J'exécutais le schéma et ça marchait très bien.

C'était l'époque où l'on a commencé à transmettre non plus du morse télégraphique, mais la téléphonie sans fil ; ça a été extraordinaire, et c'est un peu avant le début de la téléphonie sans fil que j'ai construit ce poste à galène pour entendre la télégraphie sans fil où l'on vous donnait l'heure. Il y avait encore plus de télégraphie à ce moment-là que de téléphonie. J'ai entendu d'abord du morse, avec mon poste. J'ai appris à décoder le morse à l'oreille, j'avais appris à l'entendre « points-traits » avec l'aide du dictionnaire Larousse. Puis la téléphonie sans fil ; la nuit j'écoutais les Américains. J'ai entendu aussi toutes les chansons de Bruant, chantées par un chansonnier (qu'on disait aveugle) de l'époque. C'étaient les chansons du « Chat noir », du « Lapin agile » : entre neuf heures du soir et deux heures du matin, dans mon lit, et bien sûr, en cachette. Tout ça, surtout après la mort de Jacqueline, mais j'avais mon poste à galène du vivant de Jacqueline.

Il y avait Tiny, mon cousin, le fils de la sœur de Maman, que je voyais l'été, et dont le père, l'oncle Étienne Oehmichen, fut inventeur, entre autres, d'un hélicoptère. Ils habitaient à Valentigney, dans le Doubs, parlaient des autos, des avions, des hélicoptères. C'est lui qui m'avait dit qu'avec *le Petit Sans-Filiste* je pourrais construire mon poste. Et j'avais construit mon poste, qui marchait, et tout le monde était épaté. J'avais mis une antenne sur le balcon : il y avait deux manches à balais et des isolants en porcelaine, avec un fil qui rentrait par la fenêtre et allait à mon poste. À partir de l'âge de douze ans, j'ai toujours eu un poste. Après, j'ai construit un poste à lampe. J'ai toujours été nulle en physique théorique : j'ai eu zéro à l'oral de l'examen du PCN parce que je n'ai pas pu me sortir d'une histoire de bougie, de rayon et de miroir, mais en travaux pratiques, au même examen, je suis tombée sur la lampe de Crooks, la lampe de TSF, moi qui avais construit un poste qu'on appelait « superhétérodyne » avec une lampe de Crooks… Alors, j'ai été très calée pour la pratique ! J'étais très calée en « cuisine » de physique. Je n'avais qu'à faire les calculs sur les montages que je bricolais, alors que tous les autres, ils savaient par cœur ce que soi-disant il fallait trouver, mais ils ne savaient pas fabriquer, manipuler, faire marcher et constater les chiffres réellement trouvés sur des appareils plus ou moins exacts. Moi, je ne m'occupais pas de théorie, je fabriquais et j'enregistrais ce que je constatais aux divers paramètres de contrôle. Résultat, j'ai eu 20/20 aux travaux pratiques de physique et 0/20 à l'oral de physique théorique ! C'était une porte ouverte sur le monde, cette TSF, pour moi, avec la musique, la nouvelle, celle qui venait des États-Unis. Gershwin par exemple. Emballant !

Je faisais beaucoup de musique aussi. À la maison, tous les soirs, nous jouions de la musique de chambre. Toute mon enfance, j'ai fait de la musique, du piano d'abord, ma sœur faisait du violon, mon frère aîné Pierre, du violoncelle, et l'autre frère, Jean, avait commencé le piano avec moi, puis il s'était mis à la flûte traversière, si bien que, quand ma sœur est morte, comme j'avais envie de jouer d'un autre instrument que le piano (j'aurais voulu la harpe), ma mère m'a dit : « Prends donc le violon, puisque ta sœur n'est plus là », et j'ai appris le violon. Et tous les soirs, nous nous retrouvions pour jouer ensemble. Quand il y avait une fête à la maison – surtout avant la guerre, une fois ou deux seulement après la guerre –, ma mère faisait venir un artiste, ou un duo ou un trio, et, après le dîner, on ouvrait sur le salon où les artistes jouaient et on écoutait pendant deux heures de la musique. C'était ça, la fête à la maison, selon des traditions qui étaient des traditions d'Allemagne du Sud, puisque le père de ma mère venait du Wurtemberg, une famille d'intellectuels. Les distractions, c'était la musique. Nous faisions donc tous les soirs, en famille, de la musique de chambre. Et dès que j'ai eu dix-huit, dix-neuf ans, j'ai fait partie d'un orchestre, le dimanche. On travaillait toute la semaine pour jouer dans un petit orchestre d'amateurs. J'aimais beaucoup ça, mais je n'avais pas là d'amis, ce n'étaient pas des relations privées. On se disait bonjour, on jouait, et puis on s'en allait. On ne se connaissait pas.

C'était une vie très austère, finalement, mais très occupée, et de cette austérité je ne me rendais pas compte. J'attendais d'avoir vingt-cinq ans pour faire ma médecine, tout simplement. Mes parents m'avaient dit : « À vingt-cinq ans, tu feras ce que tu voudras. » Alors, j'attendais d'avoir vingt-cinq ans. Je ne m'ennuyais pas, j'avais beaucoup d'occupations, j'étais très habile de mes mains. Si la cuisinière était malade, je prenais le livre de cuisine et je la remplaçais. J'étais très contente d'apprendre tout ça. J'ai appris aussi à faire de la couture, parce que j'aimais beaucoup ça, et que j'ai demandé un jour d'avoir un vrai professeur pour apprendre la coupe. Immédiatement, ma mère a trouvé un professeur qui est venu une fois par quinzaine à la maison. Ce professeur me disait : « Mais, Mademoiselle, vous êtes ma meilleure élève (elle enseignait aux écoles professionnelles de la Ville de Paris), vous devriez passer le CAP » (certificat d'aptitude professionnelle de couture : le « flou » et le « tailleur »). C'était après que j'ai passé le bac : j'avais fini très jeune, à seize ans j'étais partie du cours Sainte-Clotilde pour le lycée, et la dernière classe, la classe de philo, je l'avais faite au lycée Molière, parce que le petit cours où j'étais s'arrêtait à la classe de première. C'est la seule année où je suis allée dans un lycée, tous les jours auprès des filles de mon âge. Pour ma mère, que j'aie passé le bac, c'était un drame : déjà la « première partie », comme on disait. La deuxième (c'était philo ou math. élém.), Maman aurait voulu que je ne continue pas. « Des études, fais-en si tu veux, mais ne passe pas le bac. Non. Une fille qui a son bac n'est plus mariable ! » Et elle le croyait. Mes frères aînés disaient comme elle. Mon père disait à ma mère : « Je t'assure, Suzanne, il ne faut pas rester en arrière comme ça ; puisque Françoise travaille si facilement et qu'elle voudrait passer son bachot complet, pourquoi pas ? Il ne faut pas l'empêcher, on ne sait jamais l'avenir ; regarde toutes ces femmes qui ont été veuves de guerre… On ne sait jamais. Bien sûr qu'une fille se marie et a des enfants, mais si elle reste seule, il faut bien qu'elle ait un métier… » C'étaient mes arguments, je les assénais à mes parents. Mon père était d'accord. Ma mère savait bien, en raison, que c'était vrai, mais ça hérissait toutes ses traditions enregistrées sous forme de résistance au progrès, d'angoisse devant le « surmoi » et la peur du « qu'en-dira-t-on ». Les jeunes filles « commi'faut » ne doivent pas aller fréquenter des garçons dans les universités, c'est leur perte.

Donc, après la philo, le bac obtenu, arrêt des études. Attendre. Je faisais tout ce que je demandais à faire, mais chez moi, toute seule. Et quand j'ai demandé à passer le CAP de couturière, pour ma mère, c'était vraiment déchoir, alors que, pour moi, c'était me trouver sûre de pouvoir un jour gagner de l'argent pour quitter ma famille et faire ce que je voulais : devenir médecin d'éducation. Innocente, je croyais que je pourrais gagner ma vie comme couturière à temps partiel et me payer des études de médecine. J'ai le souvenir de Suzanne, la jeune couturière qui m'avait appris à coudre, qui parlait de son fiancé, soldat, mort comme mon oncle, lui officier, mais chasseurs alpins tous les deux, et tous les deux en 1916. Mais justement : ma mère ne voulait pas que j'aie une ressource qui me permette de quitter ma famille. Elle avait très, très peur de ma tournure d'esprit ; elle ne comprenait pas comment j'étais parce que je n'étais pas du tout révoltée, mais j'avais l'idée de vivre libre, donc de gagner ma vie. J'avais aussi trop vu de femmes devenues veuves de guerre et du jour au lendemain des pauvresses avec des enfants à élever. C'est terrible, ce que j'ai pu voir quand j'étais enfant. Des familles aisées comme la nôtre, le père mourait à la guerre, et il y avait juste une petite rente, qui ne permettait pas de continuer à vivre comme avant, et la femme se cachait pour travailler la nuit et vendre à des magasins qui l'exploitaient des tricots, des ouvrages de couture… Je crois que c'est une des raisons pour lesquelles j'étais si adroite et travailleuse de mes mains : c'était pour pouvoir compter éventuellement sur un vrai métier. La Sécurité sociale n'existait pas, les assurances-vie, il y en avait très peu à cette époque. Il y a eu, après la guerre, ceux qu'on a appelés les « nouveaux riches » (ceux de la guerre de 40, on les a appelés « beurre, œufs, fromage », BOF), et puis les « nouveaux pauvres », qui étaient ceux qui avaient perdu fils ou mari à la guerre, ou bien les réfugiés des régions dévastées, qui avaient tout perdu. Beaucoup de « nouveaux pauvres » et de misère après la guerre de 14, une transformation complète de la société. J'entendais tout ça, j'avais beaucoup de goûts artistiques, je faisais du dessin toute seule : à toutes les ventes de charité de mon école il y avait un stand plein de mes œuvres qu'on vendait, des petits dessins, des menus, des broderies, et puis des bricolages, des meubles de poupée, des habits de poupée, des robes de bébé, etc. Je faisais tout ça avec facilité. Deux ou trois ans après le bac, en même temps que musique et couture, j'ai voulu faire du dessin, alors on a trouvé une petite académie très comme il faut, dans mon quartier, et je suis allée y faire du dessin, puis de la peinture. On travaillait le nu. Ça se disait du nu, mais ils avaient des slips et des soutiens-gorge, parce que ce n'était pas convenable qu'un modèle se mette vraiment tout nu !

Toute cette vie bourgeoise, comme ça, pour une fille qui, au milieu de tout ça, éclatait de naturel. J'étais très nature, en même temps que très patiente. « Qu'est-ce qu'elle deviendra si on la lâche ? » Comme je n'avais pas un sou, je ne pouvais rien devenir. Je n'avais que des connaissances culturelles. Je lisais beaucoup. C'est comme ça d'ailleurs que j'ai passé le bac philo en ayant choisi comme matière à option la psychanalyse. La psychanalyse, pour moi, c'était l'association d'idées, et puis la science des rêves, dont je n'avais pas compris grand-chose, mais un petit peu ; je parlais de l'inconscient. J'ai tout de même pris ça comme matière à option, et le professeur de philo du lycée Molière, surprise, m'y avait autorisée parce que j'avais lu ce qui à l'époque avait paru, c'est-à-dire deux ou trois bouquins sur la psychanalyse dans la collection « Bibliothèque de philosophie contemporaine[1] ». C'est drôle, cette liberté de lecture, au milieu du reste…

Mon père lisait beaucoup et m'autorisait à lire toute sa bibliothèque. Mais tout ça, c'était livresque : je n'avais pas du tout d'expérience de la vie. J'avais beaucoup aimé Balzac, je ne connaissais pas encore Proust, et je ne l'ai découvert avec passion que quand j'étais externe des hôpitaux, mais je lisais ce qui paraissait, ce que mes parents lisaient. Mon père permettait qu'on lise tout – sauf Zola, parce que « Zola, c'est du pot de chambre ». Pourquoi l'admirable Zola était-il si mal vu, le seul de la littérature française ? Quant au reste, je pouvais lire tout ce que mon père achetait, comme *la Garçonne*, de Victor Margueritte (je n'y avais rien compris). Il y avait aussi, évidemment, les romans des bien-pensants de l'époque, René Bazin et Paul Bourget, et des romans anglais, modernes, en traduction. Mais aussi Maeterlinck, Jérôme et Jean Tharaud, André Gide, Jean Cocteau, Raymond Radiguet, Lautréamont, Colette, les dix volumes du *Jean-Christophe* de Romain Rolland, et puis les romans de Pierre Loti et ceux de Pierre Benoit, *l'Atlantide*, *Kœnigsmark*, que

1. Éditée chez Félix Alcan, le prédécesseur des Presses universitaires de France, la « Bibliothèque de philosophie contemporaine » avait accueilli, en 1926, la première édition française de *la Science des rêves*, de Freud, dans la traduction d'Ignace Meyerson (N.d.É.).

je trouvais légers. Je parlais parfois de mes lectures avec mon père, jamais avec ma mère. Je crois que ça ne l'intéressait pas. Pour elle, lire, c'était un peu perdre son temps. Pour Mademoiselle aussi. Moi, ça m'était nécessaire. Mon père lisait beaucoup de littérature étrangère traduite. De la bonne littérature, finalement. Shakespeare, Goethe, des classiques, et puis aussi les romans qui paraissaient à l'époque, comme ceux d'André Maurois, mais aussi des essais d'ethnographie, ceux de Lucien Lévy-Bruhl, puis les livres de Jean Rostand, et ces livres sur la psychanalyse que j'ai lus à quinze ans. Je suivais aussi les conférences des Annales qui m'intéressaient beaucoup : c'était « bien-pensant », alors ma famille permettait que j'y aille. C'était dirigé par Yvonne Sarcey, quelqu'un d'intelligent. Tous les écrivains et les artistes de l'époque venaient y donner des conférences, où j'allais le plus souvent avec Mademoiselle, des conférences plus ou moins mondaines, mais, pour moi, c'était formidable. C'est comme ça que j'ai vu les premiers hommes de théâtre importants, Jacques Copeau, Antoine, Tristan Bernard, les frères Tharaud, qui parlaient de leurs voyages, Jean Cocteau, Giraudoux. Des écrivains, André Gide, Duhamel, Maurice Paléologue. Je suivais ces cycles de conférences, je recevais tous les comptes rendus et je lisais les livres qu'ils conseillaient de lire. Mon père comprenait mon intérêt pour tout ça.

Mais le fait est que je ne vivais qu'à la maison : je m'occupais des petits frères, je faisais la lessive, le repassage, parce que je repassais très bien, j'aimais ça, je savais faire le glaçage américain des cols et des manchettes que mon père portait encore. Je m'occupais énormément et je ne me sentais pas m'ennuyer, c'est tout. Le soir, on faisait de la musique ; la nuit j'avais ma TSF. C'était une vie très schizoïde, finalement. Et puis, dès que j'étais en vacances, je faisais de l'aquarelle tout le temps. Tout ce qui me plaisait à voir, à la maison ou dehors, je le peignais. C'était drôle, comme vie.

Mais tu as aussi été infirmière ?

Ça, c'est quand est arrivé l'âge proche de ces vingt-cinq ans où j'allais pouvoir faire la médecine. Alors ma mère a dit (j'avais vingt-deux ans) : « Je t'autorise à faire un diplôme d'infirmière. » À vingt et un ans, une fois majeure, j'en avais parlé : toujours mon idée d'un gagne-pain. J'ai donc fait les études et les stages d'infirmière et obtenu mon diplôme. Elle espérait, m'a-t-elle dit plus tard, que cela me dégoûterait de la médecine, mais au contraire, ça m'a beaucoup intéressée et j'ai beaucoup mieux compris les malades du fait de les avoir soignés. Et j'ai fait certainement la médecine de façon bien moins abstraite que beaucoup de gens qui la commencent sans avoir jamais vraiment soigné de leurs mains des malades. J'ai soigné des malades pendant plusieurs années, et j'ai même été monitrice bénévole, j'ai enseigné à des infirmières de mon ancienne école, la SBM, place des Peupliers, dans le XIIIe. J'étais très habile pour faire des pansements, et, à l'époque, c'était extrêmement important, car il n'y avait pas encore de sparadrap collant, tous les pansements se faisaient avec des bandes, il fallait que les pansements soient très, très bien faits pour que les gens puissent travailler ;

comme il n'y avait pas encore la Sécurité sociale, dès qu'un ouvrier avait un accident, il fallait qu'aussitôt que possible il reprenne sa place, sans cela il n'avait pas d'argent pour nourrir sa famille. Pas de congés-maladie ni pour les accidents du travail. Alors, la façon dont je faisais les pansements était très précieuse puisque, si le pansement se défaisait trop vite, l'ouvrier devait revenir à l'hôpital et pendant ce temps cesser de travailler. On m'a donc demandé si je voulais être monitrice de pansements l'année après mon diplôme, et moi, j'en étais très heureuse, donc j'ai été gratuitement monitrice de pansements à l'école d'infirmière, et j'y restais tard le soir pour les gens qui venaient après leur journée de travail. Tout ça, c'était avant de faire médecine. Une fois médecin, mon ancienne école m'a demandé de faire partie du jury du diplôme des élèves infirmières. J'ai accepté une année, par reconnaissance pour ce que j'y avais appris.

Comment c'est venu, le travail avec les enfants ?

Ça, c'est venu de soi-même, quand j'ai fait la médecine ; je voulais être pédiatre, je voulais faire de la médecine d'enfants, c'est ce qui m'intéressait ; et si j'avais une expérience d'infirmière seulement avec des adultes, c'est qu'à cette époque-là, l'hôpital de la place des Peupliers ne recevait pas au-dessous de quinze-seize ans.

Pourquoi ça t'intéressait à ce moment-là, les enfants ?

Mais parce que j'avais été obligée de faire une psychanalyse : parce que j'étais devenue dingue. De culpabilité. C'est autre chose.

Avant de faire la médecine, quand j'étais déjà infirmière, j'avais connu une famille de filles, des amies de Jacqueline, mais bien après sa mort, je les avais connues, qui avaient un jeune frère de deux ans plus jeune que moi, il préparait l'agrégation de lettres, il était surtout passionné de grec. J'étais en vacances avec mes parents ; au cours d'un voyage en Provence, nous avons rencontré cette famille qui y avait une propriété : Maman était restée amie de la mère, la mère donc des amies de ma sœur. Ma sœur avait sept ans de plus que moi : c'étaient de très grandes jeunes filles, pour moi. On est passés chez ces gens, comme ça, pour leur dire bonjour en Provence, et ils ont proposé : « Mais pourquoi Françoise ne resterait-elle pas avec nous ? » Ma mère a dit : « Ah ! non, jamais elle n'est sortie de la maison… – Mais si, laissez-la-nous pendant huit jours. » Moi, j'étais ravie de rester là, en Provence, je suis restée chez eux : ça a été un drame, ma mère m'écrivait que c'était honteux d'avoir accepté de la quitter. Elle ne pouvait pas me lâcher. Moi, je croyais que c'était par souci de mon éducation. J'ai compris plus tard qu'elle était complètement collée à moi. La mort de Jacqueline l'avait tout à fait perturbée. Je me sentais horriblement coupable, au reçu de ses lettres de reproches, d'être restée, et cette famille m'a beaucoup aidée. Et donc il y avait ce garçon qui préparait l'agrégation, et moi qui avais découvert les tragiques grecs par Jacques Copeau, j'étudiais Sophocle, Eschyle, Euripide, l'*Œdipe*, avec les idées de Freud, tout ça avec un sentiment assez instinctif de l'inconscient. J'avais lu des choses de Freud pour passer mon bac et encore après, si bien que, quand ce garçon lisait les tragiques grecs pour son programme, moi je lui parlais de tout ce que j'y voyais, et comme je n'avais pas du tout fait de grec au cours de mes études, seulement du latin, c'était très intéressant pour lui, une personne qui avait l'esprit neuf, qui n'avait pas l'esprit universitaire, et qui s'intéressait d'une manière vivante à tout. Si bien que nous

Suzanne Demmler,
la mère de Françoise, à dix ans.

avons fait les vendanges ensemble et tout ça, et il y avait aussi la Provence. Et ensemble encore on traduisait un livre anglais, *Typhon*, de Conrad, je crois. Et quand je suis revenue à Paris, j'avais le sentiment d'avoir pour la première fois fait une vraie rencontre avec ces filles et ce garçon intelligents, cultivés, tous trois à l'université et aussi musiciens. Mais ma mère m'a interdit de les revoir, sous prétexte qu'il y avait un garçon ; ou alors, si je les revoyais, ce serait en tant que fiancée du garçon !

Ce garçon, je n'avais jamais pensé à lui de cette façon. Ce n'était pas parce qu'on parlait d'*Œdipe*, d'*Antigone*, qu'on partageait les vendanges, les balades et les couchers de soleil en Provence, et qu'on dormait la nuit dans le fond des gorges du Verdon à la belle étoile... Je n'étais pas du tout éveillée sexuellement, pas du tout. J'étais dans la culture, la musique, les tragiques grecs, la beauté de la nature, tout ça. Alors je suis allée chez eux, je leur ai dit : « Voilà, ma mère a des idées saugrenues, je ne peux plus vous voir sous prétexte qu'il y a un garçon. » Eux, ils ont ri, et le garçon, D., a dit : « Mais bien sûr, mais moi je ne demande que ça, je suis amoureux de vous ! » Amoureux de moi ? Complètement dingue ! Mais j'ai dit à ma mère : « D. veut bien qu'on nous dise fiancés », et comme de toute façon, moi, j'attendais de faire médecine... L'année d'après, j'allais avoir vingt-cinq ans : qu'est-ce que ça pouvait faire d'être fiancés pourvu qu'on ait le droit de se revoir ? Nous allions au concert ensemble, moi j'adorais la musique, et je ne pouvais pas aller au concert toute seule, c'était défendu que je sorte seule ; alors, j'y allais avec ses sœurs ou avec lui. Ils ne jouaient pas d'un instrument, mais ils étaient amateurs de musique. Ils aimaient beaucoup en écouter.

Malheureusement, ce qui s'est passé, c'est que du jour où on a été fiancés, le garçon a été pressé de se marier avec moi, et alors, il a voulu s'engager pour avancer son service militaire. Moi, ça me barbait de rester seule avec lui qui revenait du service fatigué, le dimanche, je n'avais aucune attraction physique pour lui, j'avais une attraction intellectuelle, mais ses déclarations d'amour, si ça me flattait peut-être, ça m'ennuyait. Ma mère disait : « Je ne comprends pas, je te trouve bizarre. – Mais, tu sais, je m'embête avec lui, il faut qu'on reste enfermés dans une pièce, je ne sais pas ce que c'est que des fiancés, il paraît que ça doit aimer se parler d'amour, mais, moi, ça me barbe. » Alors, ma mère m'a dit : « Tu es inhumaine, tu es une salope… » Et moi je n'y comprenais rien, absolument rien !

Puis j'ai commencé la médecine, alors que D., lui, voulait m'en empêcher. Je lui ai dit : « Écoutez, ça faisait partie de notre contrat ; moi, j'ai accepté d'être fiancée pour qu'on puisse continuer à se voir, et vous, vous avez accepté que je fasse médecine l'année prochaine, comme c'est décidé depuis longtemps. » Je le voussoyais, je n'avais pas d'intimité amoureuse avec lui ; c'était affectueux comme des camarades, ou un frère et une sœur, et c'est tout, tout mental quoi. De loin, je lui écrivais que je l'aimais aussi, en réponse à ce qu'il m'écrivait, mais c'était

« aimer bien », je n'étais pas jalouse, oh ! non, et quand je le voyais, je me barbais du fait que nous ne parlions plus de rien de nouveau. Mes études, le PCN, puis la médecine me passionnaient. Lui, il ne voulait pas en entendre parler. Et il n'avait plus que des histoires de chevaux et d'exercices militaires !

Un beau jour, il m'a dit : « Je vois que vous ne m'aimez pas. – Mais si, je vous aime bien ! » Enfant je ne savais pas ce que c'était. Je suis revenue à la maison en disant : « Je crois qu'on a décidé de ne plus se voir, avec D. » Ma mère a été affolée : elle voulait que je me marie avec ce garçon sous prétexte qu'elle avait très peur de ce que je deviendrais dans la vie. Moi, je voulais continuer la médecine commencée malgré ma mère et lui, ligués. J'avais pourtant vingt-quatre ans ! Mais quand je repense à cette époque, je vois que j'étais encore une gosse. Alors, je me suis crue inhumaine, puisqu'on me le disait. Et quand on a annoncé que l'on ne se verrait plus – cela faisait trois ans qu'on se voyait tous les dimanches, c'était une des seules personnes que je voyais –, les sœurs m'ont dit que j'étais une « salope » de plaquer leur frère, de ne pas aimer leur frère : moi, je ne savais pas du tout ce que cela voulait dire, je les aimais bien, mais j'étais fatiguée de ces dimanches confinés, j'aimais mieux aller me promener. J'avais vraiment de la peine de voir comment ces amitiés vraies avaient tourné. Je ne comprenais rien, j'étais vraiment refoulée, c'est extraordinaire, en même temps que très vivante : une enfant prolongée. Je ne pouvais pas mentir, je ne pouvais pas faire semblant. Ma mère m'a dit : « Dans ces conditions, si tu romps tes fiançailles, tu es une putain et tu vas quitter la maison immédiatement. » Je n'avais pas un sou : « Mais où est-ce que je vais aller ? – Où tu voudras, mais je ne veux plus avoir une putain sous mon toit. Si tu plaques ce garçon qui t'adore, tu seras responsable pour peu qu'il tourne à l'ivrognerie. » Pourquoi, parce qu'on ne se voyait plus, à mon idée pour un temps, jusqu'à ce qu'on ait tous les deux notre situation, pourquoi donc allait-il tourner à l'ivrognerie ? Moi, je ne comprenais pas. J'avais vingt-quatre ans, lui vingt-deux. Tout ça me paraissait complètement fou.

Tout de même, tu étais déjà étudiante en médecine...

Entre-temps, oui, j'avais commencé la médecine, après avoir fait l'année obligatoire de PCN. J'ai commencé le PCN une année plus tôt que prévu, juste au retour de Provence, parce que mon frère Philippe, plus jeune que moi de quatre ans, voulait faire médecine. Comme il avait raté son deuxième bac, mon père croyait qu'il ne pourrait pas faire la médecine ; en réalité, il s'est présenté à la session d'octobre et il a été reçu. Et il s'est mis à faire une espèce d'acné juvénile, il est allé voir le médecin qui lui a dit : « Mais Philippe, comment ça se fait ? L'acné, ça vient toujours parce qu'on a des soucis. Quels soucis avez-vous ? – Bien voilà, je voulais faire médecine, mais je n'ose pas le dire à mon père, qui m'avait inscrit dès septembre dans les études commerciales parce que je n'étais pas sûr d'avoir le deuxième bac. » Pour la médecine, il fallait avoir les deux parties du bachot. Le bac complet, quoi. « Bien, mais vous l'avez maintenant, cela fait quinze jours que les études sont commencées, vous n'avez qu'à le dire à votre père. » Mes frères étaient terrorisés par mon père, et moi aussi, non pas que mon père fût méchant, il était certainement très bon, mais silencieux : il ne disait rien, alors on était très inhibés par lui. J'ai dit à Philippe : « Je vais aller plaider ta cause auprès de Papa. » Et le soir, quand mon père est arrivé, je suis allée le voir : « Écoute Papa, Philippe est allé chez le docteur, qui lui a demandé s'il avait un souci, parce que l'acné n'arrivait chez un jeune que quand il a un souci. Et son gros souci, c'est qu'il ne fait pas la médecine. » Et mon père a dit : « Mais pourquoi est-ce qu'il ne me l'a pas dit ? – Il n'a pas osé. – Et pourquoi il n'a pas osé ? – Parce que tu l'avais inscrit à HEC. – C'est parce que je croyais qu'il n'aurait pas son bachot complet. Mais comme je suis content qu'il fasse quelque chose qui lui plaise ! » Alors je vais chercher Philippe, et il part auprès de mon père ; il revient radieux et me remercie : « Et pourquoi, toi, tu ne la commences pas avec moi, ta médecine ? » Puisque c'était décidé à vingt-cinq ans par ma mère… « Mais écoute ! Pourquoi pas à vingt-quatre ? » Alors, ma mère dit : « Oui, en effet, ce serait beaucoup mieux, comme ça tu auras un chaperon avec ton frère, si tu commences le PCN avec lui. » C'est comme ça qu'au lieu d'attendre une année de plus, nous avons commencé ensemble le PCN au mois de novembre.

Moi, je n'avais jamais fait d'études depuis mon bac, il y avait sept ans que je n'avais pas étudié. Ça a été très dur, mais je m'y suis mise très vite ; et Philippe était très gêné finalement d'avoir sa sœur avec lui, qui réussissait plus facilement que lui. Peut-être parce que j'étais plus âgée, je ne sais pas. À ce moment-là, Marc Schlumberger, le fils de Jean, faisait aussi le PCN. Il était déjà psychanalyste et il nous a parlé. Et je lui ai dit : « C'est très gênant pour moi, je suis meilleure dans toutes les notes que mon frère, et c'est humiliant pour lui. Il n'arrive pas à travailler. Je me concentre très facilement, lui pas. » Et il m'a répondu : « Mais votre frère devrait faire une psychanalyse. » J'en ai parlé à mon père, qui m'a dit : « Mais je ne demande pas mieux, je crois en effet que ce garçon en profiterait. » Mon père était très ouvert. Philippe a donc commencé une psychanalyse, et moi je continuais le PCN, et c'est probablement à l'occasion du changement progressif de Philippe pendant sa psychanalyse que je me suis rendu compte que le garçon auquel j'étais prétendument fiancée ne m'intéressait pas. Il n'y avait pas d'autres garçons qui m'intéressaient, d'ailleurs, mais je travaillais toute la semaine, le dimanche j'aurais voulu aller me promener, et il fallait s'enfermer parce qu'on était fiancés, il fallait lire son journal, et dans ce journal il y parlait de moi tous les jours. Cela me barbait : « Écoutez, c'est très joli votre journal, que j'occupe vos pensées, mais moi je m'embête avec vous. » Un garçon à qui on dit ça, il aurait dû comprendre plus tôt ; mais c'était un enfant, aussi.

Il a dû être malheureux, mais ça n'a pas duré longtemps. Ma mère m'a beaucoup culpabilisée et m'a dit : « Tu n'auras pas le droit de te marier avant que D. se soit marié. » Et ça m'est resté dans la tête. À ce moment-là, à cause de cette culpabilité, je suis devenue vraiment schizoïde, dissociée. J'étais au milieu de ma première année de médecine, et voilà que je ne pouvais plus me concentrer sur un texte, ni écouter un cours, faire attention. Et puis ma mère m'a mise à la porte de la maison.

Quand mon père est arrivé, le soir, Philippe est allé dire à mon père : « Maman a mis Françoise à la porte, mais elle n'a pas d'argent, elle ne sait où aller. » Moi, depuis deux ou trois semaines, je ne pouvais me concentrer, je lisais quelque chose trois fois avant de le savoir, tandis qu'avant j'avais une mémoire incroyable, je lisais une chose, je la savais. Et surtout, je me sentais coupable, je me sentais harcelée. Ma mère ne me parlait plus, je ne pouvais plus prendre mes repas avec elle, elle sortait de table si elle me voyait, c'était dramatique que j'aie plaqué ce garçon. Pour moi, je continuais à m'intéresser à lui, dans mon idée je ne l'avais pas plaqué pour toujours, je lui avais seulement dit que ça m'était désagréable de le voir. Ça m'était agréable de penser à lui de loin, mais de le voir m'était désagréable, ce qui était tout de même très net pour des gens qui auraient su ce que c'est que d'aimer avec le corps. Je l'aimais imaginairement, parce que lui sans doute il me flattait en « m'aimant ». Ses sœurs m'avaient dit : « Si vous l'aimiez, vous auriez renoncé à vos projets de médecine. Vous pourriez faire d'autres études, si c'est un métier que vous voulez vous assurer. » C'était vrai. Je ne savais pas pourquoi j'étais quelqu'un qui faisait de la peine à ceux qui l'aimaient. Mais je ne pouvais pas faire autrement !

C'est tout cela qu'en vrac, en larmes, j'ai expliqué à mon père, auquel Philippe avait raconté ma décision de m'éloigner de D., au besoin de rompre mes fiançailles, et la réaction de Maman à cette décision. Mon père m'a écoutée, puis il m'a dit : « Il n'est pas question que tu t'en ailles de la maison, tu resteras ici, tu prendras tes repas dans ta chambre pour que ta mère ne te voie pas, mais il n'y a aucune raison que tu partes. Tu es ici chez toi. D'ailleurs, je suis très content que cette histoire avec D. craque, car je n'ai jamais pensé que ce garçon était fait pour toi. » Mon père voyait très clair, mais il n'osait pas le dire… et ma mère, avant que je connaisse D., avait déjà essayé de me marier deux ou trois fois avec des gens qui, pour moi, n'avaient aucun intérêt.

C'est après cette soirée mémorable que j'étais devenue confuse, incapable de me concentrer, je n'étais pas bien, et ça se voyait : Laforgue a eu le tort (il avait en analyse Philippe, qui allait très bien) de dire : « Envoyez-moi donc votre sœur aussi. » Je suis allée le voir, perdue. Et il nous a pris tous les deux en analyse. Il a commencé à me voir, et mon père, qui constatait le succès sur Philippe, était très content que, dans mon désarroi, je voie Laforgue. Et ça a été très vite guéri, finalement, mon histoire. En parlant un peu chez Laforgue, je me suis rendu compte en pleurant toutes les larmes de mon corps de la culpabilité que j'éprouvais : j'étais une putain parce que je plaquais un fiancé et que je m'en foutais, que je faisais se perdre un jeune homme qui était très gentil, à qui je ne voulais que du bien et qui allait dégringoler dans la boisson. Très vite, en exprimant ainsi mon désarroi et mes sentiments de culpabilité, mon intelligence m'est revenue pour travailler, et je me suis dit qu'il fallait d'abord me libérer de ma mère, donc me concentrer pour bien faire mon métier. Et c'est là que Philippe, qui était, lui, dans un service de tuberculeux pulmonaires, a fait une grave primo-infection. On a cru que c'était gravissime, et il m'en a toujours voulu. Pour lui, c'est parce que j'avais « pris » son psychanalyste. Laforgue nous avait tous les deux en analyse ! C'était très maladroit.

Ma mère était au même moment tout à fait folle de ce que, au lieu que ce médecin me fasse revenir à mon fiancé, comme elle l'avait espéré, ça me dégage de ma culpabilité, au moins assez pour que je sorte du trouble dépressif visible où j'étais tombée. C'est là que mon père m'a dit : « Mon petit, il va falloir que tu quittes la famille, parce que ta mère ne peut plus supporter de te voir. Moi, je te fais confiance. » Il m'a donné un peu d'argent pour me louer une pièce avec salle d'eau, sans cuisine ni W.-C. vrais, mais où j'ai pu continuer mes études. Je n'avais presque rien pour vivre, juste ce que je gagnais comme externe des hôpitaux. Mon père me payait la pièce ; comme j'étais externe, j'avais la cantine de la salle de garde, ce que je gagnais me permettait de payer le repas de midi et d'avoir deux francs pour dîner. Au début, le soir, j'avais juste de quoi acheter du pain et du fromage, c'est tout. Mais cela ne faisait rien, j'étais heureuse de ce que je faisais, j'étais débarrassée de cette chape de plomb qu'était la maison.

C'était une rupture complète ?

J'avais promis à mon père que je viendrais déjeuner tous les dimanches, et je le faisais pour lui et pour mon jeune frère Jacques. On s'aimait beaucoup. À ce moment-là, Philippe était en sana, mais en réalité il y est resté une année, très salutaire pour lui : il a guéri très vite complètement et puis il est revenu. Il a donc raté une année de médecine seulement, et nous nous sommes retrouvés dans deux années séparées, ce qui pour lui était beaucoup mieux. J'ai continué, et, avec l'externat des hôpitaux, j'ai choisi de m'occuper d'enfants, parce que la médecine d'enfants m'intéressait, et j'ai eu là une vie passionnante. Je gagnais à côté : piqûres, aide opératoire, anesthésies en ville. À ce moment-là, je continuais mon analyse parce que ça m'intéressait, et Laforgue m'a dit : « Vous avez fait bien assez d'analyse pour vous occuper d'enfants. » Et j'ai dit : « Non, les enfants, cela me semble plus difficile pour les comprendre, pour être tout à fait disponible. » À l'occasion d'un remplacement d'interne des hôpitaux psychiatriques dont je préparais l'internat, j'ai vu la grande détresse de ces asiles. Je me suis dit : « On ne peut rien faire ; avec des adultes aussi atteints, c'est trop tard ; c'est avec des enfants qu'il faut travailler, à la prévention des troubles qui font que chez les adultes se déclarent des états mentaux irréversibles. » C'est là que j'ai commencé à sentir que je comprenais ce qui se passait à bas bruit quand les enfants et les adolescents étaient dérangés pour des raisons psychologiques : c'est en écoutant les histoires de toutes ces femmes internées là.

J'ai continué ma médecine en faisant tous mes stages d'externe avec des enfants, bien décidée à ne pas lâcher la médecine « pour tous les enfants », à ne pas me restreindre aux cas déjà officiellement psychiatriques. J'étais très intéressée aussi par la chirurgie des hôpitaux d'enfants. C'est fou le travail psychologique qu'il y a à y faire, sans compter qu'on peut le faire à l'occasion des soins pré- et postopératoires, les pansements... J'étais très adroite en cela, grâce aux études d'infirmière. Grâce à quoi aussi je faisais tout le temps des remplacements d'amis internes, des gardes pour avoir de l'argent afin de payer mon analyse, même pendant les vacances.

Ma mère voulait que mon père me coupe les vivres. Pour elle, je devenais « carabin » : cela signifiait femme perdue ! Mon père, heureusement, ne l'a pas fait, mais j'avais le strict minimum. Ça a été vraiment très dur, mais je ne le regrette pas du tout. Comme j'étais majeure, je comprenais que mon père ne me donne plus d'argent. Et puis, une fille, on ne doit pas lui payer des études ; on en paie aux garçons, mais pas aux filles, dans les traditions familiales bourgeoises. On les dote si elles se marient. Donc, je savais ce que je voulais, je le voulais, tant pis pour moi. Puisque je voulais faire des études, je n'avais qu'à faire ce qu'il fallait dans une famille où on ne le voulait pas. Et, là encore, je n'étais pas du tout fâchée contre ma mère, je comprenais que mon option dans la vie était tellement étrange par rapport

La partie biquotidienne d'échecs entre
Henry et Suzanne, les parents de Françoise
(photo prise en juin 1926).

à son éducation que je la plaignais. Je ne pouvais lui en vouloir. Très vite, j'ai compris que c'était une névrose, et qu'en plus, ma mère était en pleine ménopause, et puis elle avait failli perdre la raison quand elle avait perdu sa fille aînée. Oui, j'avais compassion d'elle.

Ce qui était dur, c'est, quand je revenais à la maison, mon petit frère Jacques, celui que, tout petit, j'avais élevé : il était visiblement content de me revoir, mais il ne me parlait plus. Il est venu un jour dans ma chambre, laissée par ma mère telle que je l'avais quittée, et très vite il m'a dit : « Tu sais, je t'aime beaucoup, je ne te parle pas parce que si je te parle, toute la semaine Maman me fait la tête. » Mon père me répétait : « Mon petit, viens tous les dimanches déjeuner, je veux te voir une fois par semaine. » Mon père était très malheureux de cette histoire. Mais il n'osait pas, lui, venir me voir pendant la semaine, ni me proposer de passer le voir à son bureau. Il craignait que ma mère l'apprenne, parce qu'elle était en bonne relation avec sa secrétaire, une femme jeune que je connaissais aussi. Elle ne savait rien des tensions familiales à mon propos et parlait de moi chaque fois que s'en présentait une occasion, aussi bien à mon père qu'à ma mère et à mes frères aînés, qu'elle voyait au bureau de mon père. Eux, comme ma mère, pensaient que leur sœur se déclassait en faisant la médecine !

Enfin, j'ai passé ma thèse, et j'ai demandé à mes parents de venir à la soutenance. Je crois que ma mère était contente que je passe ma thèse, la médecine l'a toujours intéressée. C'était très ambivalent.

En même temps, le lendemain, elle a mis sur la thèse, dont je leur avais dédié un exemplaire, un paquet de saloperies pleines de graisse. Quand je l'ai vu, je lui ai dit que je lui apporterais un autre exemplaire. « Ce n'est pas la peine, c'est tout ce que ça mérite. C'est dégoûtant de faire une thèse de psychanalyse. Freud était un vilain monsieur. » Ma thèse, c'était *Psychanalyse et Pédiatrie*. Pour elle, j'ai toujours été un être bizarre, qu'elle ne comprenait pas.

Plus tard, en 1941, j'ai rencontré Boris Dolto, et quand j'ai déclaré aux parents, à un Noël, que je ne voulais pas passer ce Noël du matin au soir dans la famille… C'était un rituel intouchable jusqu'alors pour nous tous. Aux fêtes, Noël, Jour de l'an, Pâques, on était là, enfermés, en famille, du matin au soir. On allait si on voulait à l'office, mais, en dehors de cela, on ne bougeait pas, on devait rester ensemble. Il y en avait un qui jouait du piano, un autre chantait, ou bien on jouait aux cartes, on lisait, et on discutait, mais on restait là. C'était traditionnel, les jours de fête, d'être tous comme ça autour des parents. Avant la mort de ma grand-mère maternelle, cela se passait chez elle. En coction dans une cocotte. Ce jour-là, donc, j'ai dit que je viendrais soit au déjeuner, soit au dîner. « Ah ! tu as quelque chose de mieux à faire ? – Oui, j'ai quelque chose de mieux à faire, c'est de passer ou le déjeuner ou le dîner avec Boris Dolto. – Qui c'est, celui-là ? – C'est un ami médecin que je connais. Je ne veux pas le laisser seul un jour de fête. » Je ne savais pas encore, d'ailleurs, si je l'aimais pour la vie, mais je savais que je l'aimais. Alors, j'ai dit un peu qui il était.

Mon père est allé chercher le vieil atlas mondial allemand qu'il avait, a regardé à la loupe la région où Boris était né, la Crimée, la ville de Simferopol, et la ville de sa jeunesse, Katerinodar, et a dit dans un grand soupir, en écartant les mains et en levant la tête : « Naturellement, elle ne pouvait nous amener dans la famille qu'un Tartare ! » Ma mère me demande : « Est-ce qu'il voudrait nous connaître ? – Bien sûr qu'il voudrait vous connaître, puisque, à travers moi, il vous aime beaucoup. – Comment, il nous aime beaucoup ? Comment as-tu pu nous décrire ? – Je vous ai décrits comme des gens qui ne comprenaient pas très bien leur fille, mais qui étaient des gens très bien. Ce serait très gentil de l'inviter à déjeuner. » Là-dessus, ma mère a une réplique restée historique dans la famille : « Mais enfin, si ce monsieur vient déjeuner, qu'est-ce qu'on dira à Victor ? » Victor, c'était le valet de chambre. Mon père intervient : « Écoute, Suzanne, Victor ici est notre employé, nous avons le droit de recevoir qui nous voulons. – Oui, mais enfin, la fille de la maison qui amène un inconnu, qui n'est rien pour nous, ni pour elle, un jour de vie familiale, mais enfin, tu ne nieras pas que c'est un peu choquant. » Alors, mon père me dit : « À moins que ce jeune homme, enfin ce médecin, puisque tu dis que ce n'est pas un homme si jeune que ça, à moins que ce médecin accepte de venir ici comme ayant peut-être des idées de s'engager envers toi ? – Écoute, je n'en sais rien du tout, nous n'en sommes pas là, mais je vais lui demander. »

Je rencontre Boris, je lui dis : « Vous savez, la famille... » Et je lui décris la scène comique que j'avais provoquée en parlant de lui. Il répond : « Mais moi, je ne demande pas mieux que de les connaître, et puis pourquoi nous ne ferions pas notre vie ensemble ? – Peut-être, mais avec la vie que vous menez, vous ne donnez pas du tout l'idée d'un type qui veut se marier, alors, c'est pas la peine de jouer la comédie pour les parents, vous savez : je peux très bien dire aux parents que nous, nous nous verrons le soir... » Mais non : il est allé voir mes parents, très ému lui aussi. Pour un étranger, bien que naturalisé français et mobilisé en 1940, c'était difficile. Il avait été échaudé par des gens qui voulaient lui fourguer leurs filles, et moi, je ne voulais surtout pas me fourguer à Boris Dolto sous prétexte que je l'aimais. J'avais dépassé tout ça avec ma psychanalyse. Nous étions amants, c'était parfait, on verrait bien l'avenir. Je l'aimais, il m'aimait. J'étais sûre de moi, mais je n'étais pas sûre de lui. C'est comme ça que ça s'est fait, peu à peu. Mes parents, ce jour de Noël, ont présenté Boris Dolto à mes frères et belles-sœurs comme « le fiancé de Françoise ». Tout le monde a regardé, tout d'un coup : « Tiens, c'est un fiancé ! » C'était tellement drôle, tout ça, c'était à la fois du rétro et du Tchekhov.

Quand je me suis mariée ensuite, ma mère m'a reparlé de D., et je lui ai dit : « Je n'ai jamais compris pourquoi tu voulais que nous soyons fiancés, pourquoi tu as fait ce drame. – Je croyais que tu étais sa maîtresse, et même j'ai plusieurs fois cru que tu étais enceinte de lui. – Ma pauvre Maman, on ne s'est même jamais embrassés ! – Comment ? Je ne comprends pas ! Mais alors, pourquoi voulais-tu le voir ? – Que tu comprennes ou pas, c'était comme ça, j'avais passé quinze jours de vacances formidables avec des jeunes intelligents, et vous, les deux mères, vous vouliez que nous soyons des fiancés, et moi, je me barbais avec ce garçon qui me disait à longueur de journée qu'il m'adorait, et je ne savais pas ce que ça voulait dire, je n'y comprenais rien. Moi, il me cassait les pieds, ce que je voulais c'était faire de la musique, aller au théâtre, comme on faisait quand on s'était connus quelques mois à Paris, avant qu'on aille leur rendre visite en Provence. Du jour au lendemain, à cause des deux futures belles-mères, on était soi-disant fiancés, on ne faisait plus rien, et tout le monde faisait les morts autour de nous. C'est grotesque, cette histoire. »

En fait, je ne savais pas du tout ce qu'il était devenu. Ce garçon-là, j'avais tous les ans suivi les résultats de l'agrégation de grec pour savoir s'il était reçu, et puis, un jour, j'avais vu qu'il était reçu et je lui avais envoyé mes félicitations. Il ne m'avait jamais répondu. Et puis ma mère, un jour, m'a dit : « Tu sais, D. est marié. » J'avais dit : « Ouf ! alors maintenant je pourrai penser à moi. » J'avais comme une parole, parce que le jour où l'on s'était séparés, on s'était donné six mois sans se voir, et avec tout le trafalgar qui était arrivé, on ne s'était plus jamais revus. Je ne savais pas du tout ce qu'il pensait de notre « aventure », mais moi, je me sentais tenue par ma parole à lui : « De toute façon, D., j'ai besoin de vous savoir heureux pour me donner le droit de l'être aussi. » C'était curieux, nous habitions le même quartier. Avant cette histoire, ses sœurs ou lui, on se rencontrait souvent, par hasard ; et plus jamais, après, on ne s'est rencontrés. Vraiment, il est sorti de mon destin, et je suis sortie du sien. J'avais gardé l'idée que, de toute façon, on se reverrait et que, si on évoluait chacun de son côté, on se le dirait, puisqu'on s'était engagés en paroles. Moi, j'étais engagée de parole, pour un « peut-être vivre ensemble plus tard ». Lui, il paraît qu'il m'aimait. Je n'en sais rien, j'avais deux ans d'âge civil de plus que lui, je devais l'épater, il n'avait que des sœurs aînées… Ce qu'il aimait en moi ? Je ne sais pas, ma vitalité peut-être ? Mon enfance ?

J'ai encore eu de temps en temps de ses nouvelles par ma mère, il est devenu professeur de lycée : il s'est marié avec une femme qu'il aimait, ils auraient eu six enfants, m'a-t-elle dit plus tard. Parfait, tout allait. « Alors, moi, je pourrai vivre ma vie, puisqu'il est heureux et qu'il n'est pas tombé dans la boisson. » Nous étions en 1935, j'étais externe, je pouvais donc vivre ma vie. Ma mère m'a regardée, stupéfaite (c'était trois ou quatre ans avant que je connaisse Boris Dolto). Elle ne savait donc encore rien de ce qui s'était passé ou plutôt pas passé avec ce D. « Vraiment, ma pauvre Françoise, je ne te comprendrai jamais ! »

Alors, la psychanalyse ?

J'ai été lancée dans la psychanalyse par mon psychanalyste. Ce que je voulais, c'était rester pédiatre, une pédiatre qui comprend la psychologie des enfants. Il faut dire que mon père, sur ordre de ma mère, avait coupé l'argent qu'il me donnait, au début, pour voir Laforgue. Donc, tout d'un coup, j'aurais dû arrêter ma psychanalyse ; Laforgue a été assez intelligent pour me dire qu'il diminuait le prix pour que je puisse continuer de le payer en partie, et que je lui paierais ma dette quand je gagnerais de l'argent. C'est d'ailleurs pour ça que je n'avais pas un sou : parce que tout passait à payer ma psychanalyse. Et puis, mes remplacements servaient aussi à le payer. Et je me sentais une dette à l'égard de Laforgue parce qu'il avait baissé le prix pour pouvoir continuer, pour que je n'arrête pas brusquement. C'est très dangereux d'arrêter brusquement une analyse, et je le sentais, je n'avais que ça qui me tenait en équilibre après ce moment où j'avais été tout d'un coup la salope qui lâchait un fiancé, qui ceci, qui cela... Je me sentais un devoir, et Laforgue m'a dit : « Vous ne vous rendez pas compte que vous êtes très douée pour la psychanalyse et que nous manquons de psychanalystes. Vous devriez acquérir la formation jusqu'au bout, donc faire des contrôles. » Et c'est comme ça que, en 1934, ma propre psychanalyse terminée, j'ai suivi les séminaires de l'Institut et j'ai pris des adultes en analyse.

J'avais soigné des adultes comme médecin, j'avais soigné des adultes psychotiques quand j'avais été aux asiles. Laforgue et d'autres psychanalystes m'ont envoyé des névrosés, et j'ai commencé comme ça, contrôlée par les grands de la psychanalyse de l'époque, Hartmann, Garma, qui ont lancé ensuite la psychanalyse en Amérique du Sud, puis Loewenstein, Spitz : j'ai eu des contrôles avec tous ces gens-là, qui trouvaient que je travaillais bien, et j'ai été membre adhérent d'abord, puis titulaire de la Société de psychanalyse, ça s'est fait juste à la dernière réunion avant 1939, avec ma thèse qui était la première thèse importante de psychanalyse en France. Pendant la guerre, comme il n'y avait plus beaucoup d'enfants à Paris, j'ai continué avec quelques adultes ; j'ai toujours eu des adultes en analyse. Et puis, quelques cas de psychothérapies et d'analyses d'enfants. J'ai fait aussi de la médecine générale pendant la guerre. J'ai remplacé un médecin de Boulogne. Et c'est à cette époque-là qu'ayant rencontré Boris Dolto, il m'a aidée à lire les radios des malades. Il me connaissait avant de m'avoir rencontrée pour avoir lu ma thèse, qui avait paru chez Amédée Legrand. Il m'avait écrit à Trousseau, où je travaillais déjà : « Je vous envoie une petite malade. En faisant comme vous conseillez de faire, en quinze jours elle a été guérie de son bégaiement, mais elle s'est remise à bégayer après une scène avec sa mère. Alors je vous l'envoie… » C'est comme ça qu'il m'a envoyé à Trousseau la fille d'une de ses clientes, fin 1940, et elle a guéri. Puis nous sommes entrés en relation par des amis à lui, et voilà comment s'est faite la vie !

Je ne garde aucune rancœur de ma vie d'enfant, rien, rien de ma jeunesse difficile, au contraire. Je crois que, d'une part, j'ai été très, très malheureuse, je ne voudrais jamais revivre ma vie de l'âge de douze ans à l'âge de trente ans ; mais je crois que cela a été une école extraordinaire pour comprendre les différences, les incompréhensions entre les êtres qui s'aiment le plus, qui auraient tout pour s'aimer s'ils pouvaient se comprendre, se respecter tels qu'ils sont, et qui ne le peuvent pas pour des raisons complexes, de rivalité inconsciente, d'idées toutes faites, de jugements *a priori*, aussi par jalousie de mère à fille, parce que ma mère, je l'ai compris, était jalouse de moi. Mais ça, j'ai mis très longtemps à le comprendre. Elle m'enviait de réussir à me libérer des entraves de la vie bourgeoise des filles, et moi, je mettais tout sur le compte de son drame, la mort de sa fille aînée. J'avais une très, très grande compassion pour ma mère. Et pour mon père. La vie avait été très gaie à la maison avant la mort de ma sœur. Même pendant la guerre, quand mes parents se revoyaient, c'était vraiment la joie entre eux. Ils s'entendaient très bien, avant la mort de ma sœur, et c'est ce deuil qu'ils ont vécu tout à fait différemment qui a transformé le climat de leur couple. Mon père voulait tout le temps parler de ma sœur, ma mère l'avait idéalisée d'une façon abstraite et interdisait qu'on en parle. Elle avait gardé en fétiche son armoire, avec tous ses habits qui se mitaient. Il y avait aussi un coin qui était complètement tabou, comme une petite chapelle dans la chambre de mes parents,

Au Ranelagh.
Françoise est devant sa mère.
À gauche, sa sœur Jacqueline.
À droite, ses frères Pierre et Jean.

avec ses photos, et des fleurs toujours devant. Ça a duré jusqu'à la naissance de Jacques. Ce drame d'un être jeune et beau…

Il faut dire que c'est terrible, un cancer, surtout à l'époque, parce qu'ils ont su pendant un an et demi qu'elle était de toute façon incurable, quoi qu'on essaie, et qu'elle ne passerait pas deux ans. Et il fallait le lui cacher, la distraire. Elle est morte à dix-huit ans, c'était une fille qui avait beaucoup de succès masculins. Elle n'était pas du tout comme moi, elle n'avait aucun goût pour les études. Elle aimait rire, danser, se parer. Moi, toute petite, j'avais une facilité réelle pour les études : je ne faisais rien et j'étais toujours première. Elle, c'était une fille, au contraire, toute tournée vers l'extérieur, la danse, les balades de jeunes, le rire, la séduction facile ; elle jouait du violon, aussi, et très bien. Elle aimait la vie, était sociable… Elle n'avait pas du tout le même caractère que moi.

Elle est morte, pendant l'été, d'une embolie pulmonaire, et mes parents, après sa mort, ont encore reçu trois demandes en mariage de jeunes gens qui ne s'étaient pas rendu compte qu'elle était malade et qui ne savaient pas qu'elle était morte. C'est fou. Quand elle dansait, c'était pour moi le *Printemps* de Botticelli ! Elle avait seize ans à la fin de la guerre, au moment où la vie sociale connaissait une explosion, comme une frénésie de plaisir. Tango, fox-trot, cette folie qui a marrainé la vie à Paris dès l'armistice, en 1918… Il y avait des bals tout le temps, les gens recevaient. Jacqueline, ma sœur, adorait ça. Elle a fait, à Pâques 1919, une chute en montagne. Un hématome, non, on a diagnostiqué un ostéosarcome. Mes parents savaient, elle non. Partout les jeunes gens étaient fous d'elle parce qu'elle avait beaucoup de «pep» et de présence. Pour ma mère, ça a été dramatique. Et moi, jusqu'au jour de ma première communion, je ne savais rien du drame. Je voyais l'angoisse de ma mère : que ma sœur sorte trop, se fatigue…

Jamais je ne serais devenue psychanalyste sans ce deuil bouleversant pour toute l'économie familiale. Je crois que je serais devenue médecin, de toute façon, parce que depuis l'âge de huit ans je le voulais, mais je ne crois pas que je serais devenue psychanalyste si ma sœur n'était pas morte et si je n'avais pas vécu ce deuil pathologique de ma mère, la souffrance morale et le désarroi de mon père, la douleur de mon frère aîné Pierre, compagnon de deux ans plus jeune que Jacqueline, et très proche d'elle. Et après, cette naissance du plus jeune qui n'apportait pas la satisfaction réparatrice que ma mère attendait ! Elle voulait la réincarnation de sa fille, rien que ça ! Elle courait les voyantes, qui l'aidaient, sans doute. Heureusement que le garçon qui est né n'était pas blond aux yeux bleus ! Heureusement, surtout, que cet enfant n'est pas né du sexe féminin, en prenant la place de l'autre pour notre mère.

C'est Jacques, celui qui est devenu sénateur, qui est né après et que j'ai élevé[1]. Toute la journée,

1. Jacques Marette, né en 1921, est mort en avril 1984 des suites d'un cancer du pancréas.

c'était moi qui m'en occupais. Puisque j'étais à la maison, à l'exception de deux cours par semaine comme je l'ai dit, je le sortais, je le promenais. C'est avec lui que j'ai découvert l'intelligence de l'enfance, avec cet enfant-là d'abord. Je ne connaissais pas beaucoup les enfants. J'avais deux frères plus jeunes que moi, j'avais bien observé leurs réactions, qu'on n'appelait pas encore psychosomatiques, mais il y avait quatre ans de différence avec Philippe et sept ans avec André. C'est quand j'ai eu quinze ans que j'ai pu découvrir avec Jacques comment un enfant se développe. Et je trouvais admirable une intelligence d'enfant comme ça, qui posait des questions sur tout, des questions auxquelles je ne savais pas répondre, et je le lui disais : « Je ne sais pas, mais je vais chercher comment te répondre. » Toutes les statues qu'on voyait quand on se promenait, il demandait qui c'était. Si je ne savais pas, je lui disais : « Je vais regarder dans le dictionnaire, je te répondrai demain. » Alors, quand on allait dans les jardins publics, j'avais étudié ce que c'était que telle nymphe, telle déesse, je lui racontais l'histoire : il était ravi, c'était comme si c'étaient des voisins pour lui. Il a compris tout de suite la métaphore des affluents des fleuves de France qui étaient représentés par des enfants plus ou moins grands. Aux Tuileries, il y a le Rhône, la Loire, la Seine qui sont des personnages couchés avec des tas d'enfants autour d'eux. Des statues allégoriques. Cela m'avait beaucoup frappée parce qu'il me semblait que, quand j'étais enfant, je n'aurais pas compris qu'on pouvait représenter les affluents d'un fleuve par des enfants vivants. Je lui ai expliqué ça, j'avais seize, dix-sept ou dix-huit ans, et lui, il était petit, un an, deux ans, trois ans. Il faisait marcher son bateau sur le bassin des Tuileries quand je l'y emmenais. Je lui avais dit une fois le nom du fleuve et celui de ses affluents sur les statues. Tout de suite, il les reconnaissait. Il disait le nom des personnages que les statues sont censées représenter, et leur histoire parce que je la lui avais racontée une fois. Il avait une mémoire extraordinaire, et moi, j'admirais ça. Je me rappelle, tout petit : « Vava, raconte-moi le dada Pégase ! » Alors, il fallait raconter Pégase, le cheval ailé… Tout ça me remettait dans l'histoire moderne, ancienne, les mythes, les contes. Il questionnait sur tout. Je ne savais pas, mais je lisais pour lui répondre et lui raconter l'histoire de tel ou tel personnage, de tel monument. C'est intéressant, une intelligence d'enfant.

Je ne savais pas que j'étais maternelle, je ne le savais pas. Je l'étais. C'est surtout Laforgue qui me l'a dit, ça. Il m'a dit : « Vous ne vous rendez pas compte combien vous êtes maternelle. » Moi, je ne me rendais pas du tout compte que ça s'appelait comme ça, de contribuer à l'éveil de l'intelligence et du cœur. Je me rendais compte que j'admirais ce que c'est qu'un enfant qui s'ouvre à tout, au monde, et qui nage à la fois dans le symbolique et dans l'allégorie, dans la réalité et dans le rêve, qui se souvient de toutes les histoires qu'on raconte, qui demande si ce sont des gens vrais ou des gens inventés. Et pourquoi ce qu'on invente ne peut pas être vrai. En même temps qu'il est tout à fait *matter of fact*, il peut aussi s'imaginer les personnages d'une histoire et comprendre qu'il s'agit de la représentation de fantasmes, et ça ne gêne pas son adaptation quotidienne à la réalité. Ça m'intéressait, mais je n'étais pas maternelle en cherchant à le cajoler, j'étais maternelle en cherchant à le comprendre, et quand il avait de la peine, j'essayais de comprendre pourquoi, et ce que cela voulait dire. Et puis, il avait sa mère ; jamais je n'ai joué à être sa mère, j'étais sa grande sœur et aussi sa marraine. Ma mère l'avait voulu, et que Pierre, son frère aîné, soit son parrain. Ma mère l'avait nourri au sein jusqu'à dix-huit mois. Cela était un lien à elle, très fort. Tandis que moi, je le promenais, je le changeais, elle ou moi lui faisions sa toilette. J'avais tout le reste de mes occupations, je travaillais le violon, je lisais beaucoup, j'allais à des conférences qui m'intéressaient ; lui, c'était pour le promener, lui faire découvrir le nom des choses, des fleurs, des animaux sur les livres. Tout ce qu'il posait comme questions me posait question à moi-même, et je lui répondais, bien consciente de ma maladresse, du mieux que je pouvais : et, en fait, c'est ça dont un enfant a besoin. C'est de questionner l'adulte et que l'adulte se sente vraiment questionné et ne réponde pas n'importe quoi. J'ai découvert ça avec lui.

Les bases de l'intelligence de l'enfant...

C'est sensoriel, d'abord. L'intelligence de l'enfant s'exerce sur des différences de perception, et il se pose des questions sur ces différences. Pourquoi c'est ? Qu'est-ce que c'est ? Je veux dire que les questions qui m'ont questionnée avec ce petit ont surgi par rapport aux tableaux de la maison et aux sculptures rencontrées dehors, c'est-à-dire à la culture, et aussi aux différents aspects de la nature suivant les saisons. Parce que, quand on se promène en ville avec un enfant, il y a les canards à qui l'on donne à manger, il y a les saisons où les fleurs éclosent, où les arbres n'ont plus de feuilles, est-ce qu'ils sont morts, est-ce qu'ils sont vivants ? Oui, ils sont vivants, et pourtant ça ne se voit pas. Et les œufs, ça a l'air d'une chose, et pourtant c'est vivant, on le saurait si on les cassait ou si c'est couvé, il éclorait un poussin... peut-être. Toutes ces choses qui ne vont pas de soi pour un enfant, si l'adulte ne les lui explique pas. Il pose des questions et souvent on arrête la question. La première saison où nous avons vu des petits canards avec lui, c'est lui qui m'y faisait faire attention : mais où elle les a trouvés, la cane, où ils étaient avant ? On allait se promener, on ne voyait pas de canards, et tout d'un coup on voyait cinq ou six canards qui suivaient une maman cane. Moi, je ne savais plus me demander pourquoi. Je retrouvais cette question du monde à travers l'enfant qui me demandait : « Mais avant, où ils étaient ? » Je lui expliquais qu'avant ils étaient dans un œuf... Un petit garçon, ça se pose des questions, une petite fille aussi. C'est très difficile de reconstruire cette époque de la vie. « Et alors, si on ne mangeait pas un œuf, ça pourrait devenir un poussin ? » Le conditionnel, selon les conditions, les relations de cause à effet. Un enfant découvre ça et vous pose tout le temps des questions comme ça. « Et alors, c'est arrivé un jour pour de vrai, qu'un cheval il avait des ailes ? – Non, c'est pas arrivé pour de vrai. Mais quelqu'un a pensé à ça parce que ça lui faisait plaisir d'y penser. – Ah oui, pourquoi ? » On a une conversation continuelle avec un enfant où il y a tout le temps des « Je ne sais pas », non pas des « Je ne sais pas, tais-toi », mais des « Je ne sais pas, ça m'interroge ».

Je me rappelle qu'il croyait que les gens étaient enfermés dans des disques. Quand il était petit, c'était le début des disques à la maison. Jacques a été musicien presque dès sa naissance. À cette époque-là, nous jouions de la musique d'ensemble tous les soirs, et son berceau, on le tirait dans le salon quand il était réveillé. Si on faisait une fausse note, il pleurait. C'était extraordinaire, la moindre fausse note faisait pleurer le bébé qui venait de naître ! Et puis, le mode mineur aussi le faisait pleurer. Il avait l'oreille juste et il était très bon pianiste, improvisait aussi, bref, il était très musicien, Jacques (André aussi, l'avant-dernier de la famille). En grandissant, chaque fois qu'on jouait il venait s'asseoir sur son petit fauteuil, il écoutait et il appréciait. Et la musique d'orchestre du dimanche, quand l'orchestre passait à la maison parce qu'à tour de rôle c'était à la maison ou dans une autre famille, il écoutait, il connaissait tout ça et quand ça foirait : « Oh ! les violons ! Oh ! la la la la ! » Il avait dix-huit mois, deux ans. On riait parce que c'était vrai, les violons n'avaient pas marché. Ou bien c'était un violoncelle ou un autre instrument. Il le disait aussitôt. C'était très drôle.

Il n'était pas gâté, il était un enfant un peu trop

seul. Lui, il avait le souvenir d'une enfance austère, entre des parents âgés, des grands frères et sœur pas là. Mais comme les choses l'intéressaient, moi j'aimais aller au musée et je l'emmenais au musée aussi. Et puis, Mademoiselle est revenue pour lui, finir sa carrière d'institutrice avec lui. Plus grand, quand il a été à l'école, ce qui le privait le plus, c'est quand le jeudi ou le dimanche on n'allait pas au musée. Pour lui, c'était la plus grande privation. Et au musée, c'était le monde qui se découvrait à lui : et en même temps à moi, dans les questions qu'il me posait. Après ça, l'institutrice s'est beaucoup occupée de lui. Je crois qu'il a été son élève le plus attachant. Moi, j'ai été prise par mes diverses occupations, puis mes études d'infirmière. Et puis, à partir de ses dix ans, j'ai cessé de le voir beaucoup. J'avais quitté la maison, et quand j'y revenais il faisait semblant de ne pas trop me connaître pour n'avoir pas d'ennuis avec ma mère. Et très tôt, il est allé en vacances dans des familles à l'étranger : il était très doué pour les langues, et puis la maison, c'était austère, alors il allait voir cousins, amis… Je ne le voyais plus beaucoup. Mais je crois que j'ai été sensibilisée aux enfants par ce garçon-là. Avant, j'étais sensibilisée pour devenir médecin d'enfants, mais avec lui, j'ai découvert la psychologie de l'enfant. Pas seulement les réactions émotionnelles à effets physiologiques, comme je les avais observées avec mes jeunes frères, et avec les grands aussi. J'avais découvert avec mes grands frères la fragilité des enfants devant les attitudes punitives ou anxieuses des parents, même si ce sont les parents qui ont tort et que l'enfant le sait, et tout ça m'étonnait.

J'ai passé ma vie à m'étonner. Je ne sais pas d'où ça vient, cette faculté d'étonnement, cette faculté de surprise, de réflexion que j'avais à propos de tout. C'est difficile. Je crois que ça a commencé avec l'idée du beau, comme je l'ai dit. Ma surprise, ma gêne de n'avoir pas le même sentiment du beau que les parents. Et puis aussi sur le bien et le «pas bien». Je ne comprenais pas pourquoi c'était «pas bien» de parler à des enfants d'une autre famille, je m'ennuyais de ne pas avoir de contacts avec les autres et d'être isolée. Probablement que ça a développé mon sens de l'observation : qu'est-ce qu'il y a de différent entre nous et les autres, qui fait que mes parents craignent pour nous le contact avec les autres ? Alors j'écoutais : leur langage n'était pas tout à fait le même que dans la famille. Je réfléchissais à cette différence. Parce que je ne me suis jamais sentie frustrée arbitrairement, je cherchais la raison qu'avaient mes parents de faire ainsi, mais je ne trouvais pas toujours une explication. Il ne m'a jamais paru que mes parents le faisaient pour m'embêter. Jamais je n'ai eu l'idée qu'on pouvait faire quelque chose pour embêter quelqu'un. Il y a des enfants qui ont cette idée-là, que les parents sont méchants, volontairement, ou pas justes : cela arrive. Même de mes frères et de ma sœur, je ne pensais pas ça.

Je me rappelle : la surprise était quelque chose de tellement important dans ma vie que, quand j'avais gagné un petit peu d'argent, quand j'avais une bonne note et que mon père me donnait de gros sous, je les perdais dans la maison, pour les oublier. Je faisais ça exprès. C'était pour le plaisir, peut-être, de les retrouver, et même peut-être pas : la découverte de quelque chose est si agréable que je cherchais à me procurer le plaisir de découvertes. Je ne pouvais pas dépenser cet argent, je n'en avais pas l'occasion, et je ne savais même pas à quoi on pouvait le dépenser ; une fois que j'avais acheté une toupie, je ne voyais pas ce qu'on pouvait désirer d'autre. Je n'avais pas d'envies, du moins avant l'époque où j'ai désiré fabriquer un poste à galène. Ça a été mon premier besoin d'argent. Je savais qu'on avait des cadeaux à l'anniversaire de naissance et puis à Noël ; alors j'attendais ces moments forts, pour tous les cadeaux. Et une toupie, une corde à sauter, une pelote de laine à tricoter pour une poupée, voilà toute mon ambition. Qu'est-ce qu'on pouvait avoir d'autre ? Une poupée, j'en avais une. Ce que j'aimais, c'était travailler pour ma poupée, lui changer ses habits. Mais je n'aurais pas voulu en avoir trente-six, pas même plusieurs, une me suffisait. Alors je n'avais pas d'envies, finalement. Tout mon désir était de comprendre ce qui se passait autour de moi. Et ça, je n'en avais jamais fini. Ce qui est drôle, pour en revenir à mes sous cachés pour les oublier et peut-être les retrouver par surprise, c'est que je ne me rendais pas du tout compte que mes frères aînés se moquaient de moi. Sans doute j'avais dû leur raconter mon jeu. Ils me suivaient et savaient que je m'amusais à perdre mon argent, si bien que je ne le trouvais jamais, et que de ne pas le retrouver me mettait dans la joie. Ça voulait dire que j'avais vraiment oublié où je l'avais caché ! Ça m'occupait de chercher. J'ai appris plus tard combien ils se marraient, parce qu'il n'y avait pas dix minutes que j'avais mis mon argent dans sa prétendue cachette, que je voulais oublier tout en craignant de n'y pas arriver, que les grands l'avaient déjà « trouvé », eux, mais, naturellement, n'en disaient rien à la naïve que j'étais ! Et moi, j'allais à l'endroit où je savais l'avoir mis et je me disais que c'était magique que je ne le retrouve pas. Le magique m'amusait autant quand je retrouvais les pièces ailleurs, en cherchant sur le conseil de mes frères, qui feignaient de trouver ça magique aussi. Une ou deux fois, j'ai ainsi trouvé une pièce qui n'était peut-être pas la mienne, qui avait changé de place, et je racontais à tout le monde : « C'est magique, je l'avais mise là et je l'ai retrouvée ailleurs, c'est formidable. » Eux, ils devaient bien rire et, de temps en temps, ils devaient éprouver un sentiment de culpabilité, de me voler le peu que j'avais, mais moi, je ne les soupçonnais pas le moins du monde. Cacher, ne pas retrouver dans la même cachette, mais oublier où je l'avais mis, je croyais que ça faisait partie des choses magiques. C'était un drôle d'esprit. Tout ça dans le premier appartement, surtout, puis jusqu'à six ou sept ans.

Je cachais aussi, par exemple, une image qu'on me donnait, parce que je l'aimais beaucoup. C'était pour essayer de l'oublier, et pour avoir le plaisir de retrouver quelque chose que j'aimais. Je ne gardais pas, je n'ai jamais gardé pour garder. Je prenais un plaisir à quelque chose et je voulais que les autres aient le plaisir, alors je donnais cette chose en disant : « Je te la prête », puis ça ne revenait jamais, ou ça revenait, mais tant pis si ça ne revenait pas. Comme ça, un autre avait le même plaisir que moi j'avais eu, du moins je le croyais. Souvent on me disait : « L'argent que tu caches, si quelqu'un d'autre le trouve ? » Et je répondais : « Mais comme il sera content, ce sera une surprise ! Et peut-être il le remettra, et alors je le retrouverai. » L'argent, pour moi, ce n'était pas quelque chose pour acheter. C'était quelque chose qui avait une valeur de récompense, quelque chose qu'on m'avait donné. C'était à moi : alors je pouvais en faire ce que je voulais. Pas de compte à rendre. Drôle de gosse. J'amusais beaucoup les adultes. Pour la psychanalyste que je suis devenue, ce drôle de cache-cache avec moi-même me paraît clair. Au premier degré, autour du pénis peut-être, peut-être pas. Mais sans doute plus loin encore autour de la valeur cachée d'un être humain, quel que soit son sexe. Et puis sans doute aussi de la perte de ma nurse irlandaise : après tout, j'avais failli en mourir, mais je n'en étais pas morte, j'avais même une solide santé. C'est un peu jouer à qui perd gagne.

Quand ma mère est morte, qu'on a dû vider tous les tiroirs, on a retrouvé des lettres et du courrier envoyé à mes parents. Des cartes postales que les gens s'écrivaient à mon propos, et ils disaient que j'étais marrante, mais qu'est-ce que je deviendrais plus tard ? Que c'était inquiétant toutes les idées que j'avais, que j'avais tellement d'idées qu'on ne savait pas où je prenais tout ça. Et moi, je recevais des lettres avec toujours : « Tâche d'être plus sage parce que tu fatigues les grandes personnes. » Je devais fatiguer beaucoup les gens parce que j'avais trop de vitalité, je crois : alors, à la fin, on me rembarrait. Dans les lettres qu'ils s'écrivaient, ils disaient : « Françoise est toujours aussi drôle, quelle drôle de petite bonne femme ! » Et moi, je croyais toujours que j'étais à côté, je n'étais pas conforme, et je ne comprenais pas pourquoi. J'ai une vieille amie que j'ai retrouvée, qui m'a dit : « Mais quand tu es née dans cette famille, je me suis dit : "Qu'est-ce que vient faire ce canard dans cette mare à grenouilles ?" Jamais tu n'as été comme les autres dans ta famille, tu étais à part. » Est-ce parce que cette Irlandaise qui est arrivée à ma naissance était une fille marginale, un peu droguée, un peu poète, très fine il paraît, qui connaissait toute la poésie irlandaise ? Ma mère m'a dit qu'elle n'en était pas revenue, de savoir qu'en Irlande elle avait été déjà délinquante et que c'est pour ça que, par punition, on l'avait envoyée en France comme jeune fille au pair. Elle devait être une fille exceptionnelle, une Irlandaise originale. Je pense que la relation à cette femme qui m'a beaucoup aimée a dû jouer sur les possibilités génétiques qui étaient en moi, et à un âge tout à fait antérieur au langage parlé. Bien sûr, j'ai failli mourir à son départ. Mais puisque j'ai été sauvée, oubliant tout d'elle et même de cette grave maladie, presque mortelle… C'était vraiment perdu complètement. Bien sûr, c'était là, puisque c'est revenu en analyse, mais moi, je n'y aurais vu que du feu, dans l'analyse, si Laforgue, lui, qui m'écoutait silencieusement ne m'avait un jour dit : «Demandez à votre mère s'il y a quelque chose à voir au cours de votre enfance avec la rue Vineuse.» Si mon analyste n'avait pas dit ça, moi, je ne me serais pas du tout rendu compte que j'apportais depuis des semaines des choses en rapport avec ces premiers mois de ma vie et ma relation d'amour archaïque à cette nurse irlandaise.

J'ai fait mon analyse en n'y comprenant rien. Je disais toujours à mon analyste que je n'y comprenais rien. Je comprenais tout au-dehors de mon analyse, de mieux en mieux, mais je ne comprenais pas pourquoi. Et lui, il m'a dit avec son accent alsacien : «Vous comprenez très bien, vous ne comprenez peut-être pas avec ça (montrant sa tête), mais vous comprenez avec ça (montrant son cœur).» En tout cas, je lui suis reconnaissante de ne rien avoir voulu normaliser en moi. Je parlais dans l'analyse, mais il ne théorisait pas du tout. Une analyse tout à fait dans l'ignorance. Et quand j'ai écrit ma thèse, c'est parce que j'ai travaillé avec des enfants et que j'avais lu et annoté énormément Freud, mais en n'en parlant pas. Mes vieilles éditions de Freud sont toutes annotées dans la marge par moi, et, curieusement, je ne me souviens même pas que j'ai annoté Freud, c'est tellement ancien. C'était pour moi, je veux dire les livres de Freud, très différent de l'analyse-cure, qui était absolument en dehors de toute théorie ; l'analyse-livre, c'était quelque chose d'autre. La cure, la cure des enfants, ce que je recevais d'eux, ce n'est pas sur le moment que je faisais le joint ; j'ai fait le joint en écrivant ma thèse. C'est alors que j'ai fait le joint entre ce qui se passait entre les enfants et moi et la théorie ; avant, je n'aurais jamais pu le faire. Et la théorie de ma propre analyse à moi, je n'ai jamais été capable de la faire.

Toute cette enfance... prolongée. Mon mari, mes enfants se sont toujours étonnés de la sorte de famille dans laquelle j'ai été élevée, et que j'y sois restée si longtemps, car enfin, j'y suis restée vingt-quatre ans sans bouger ! Ils sont très étonnés que je sois issue d'une famille comme ça, moi, si différente d'elle. Mais pour moi, c'était comme ça. Ça ne m'a jamais étonnée non plus d'en être sortie. Quand je les vois, je les aime bien ; mais vivre comme eux, je veux dire : mes frères, leurs femmes et leurs enfants, encore maintenant, je m'ennuierais. Je ne crois pas qu'en fait, la famille, ce soit déterminant. Bien sûr, cela crée un climat d'éducation. Mais ce qui est essentiel n'est pas là, n'est pas dans les habitudes que les gens ont : si l'on reste vigilant comme je l'étais naturellement, si l'on est tout le temps à essayer de comprendre le pourquoi des actions et des réactions de ceux qui vous entourent, on ne s'identifie pas à eux. Je me rappelle qu'après la mort de ma sœur, ma mère, malade comme elle l'était, avait tout le temps besoin que je lui parle, d'être avec moi, et elle voulait... comme se mimé-tiser sur moi, ou l'inverse. Elle m'a habillée pareil à elle, c'est-à-dire qu'on allait chez un tailleur où elle me faisait faire la même forme de manteau que le sien, du même tissu, mais d'une autre couleur. Et je me disais : « Elle en a besoin, parce que sans ça, elle ne s'habillerait pas, elle n'a plus envie de rien pour elle-même. Alors, si elle ne s'habillait pas

1934. L'étudiante Françoise Marette
dans son logis de la rue Dupuytren.
(Photo droits réservés.)

comme moi, qui suis vivante… » Une autre fille, ça l'aurait peut-être embêtée. Moi, ça ne m'embêtait absolument pas parce que je savais qu'à vingt-cinq ans je ferais médecine, que je ferais ma vie, et que j'étais là « en attendant », et que ce temps d'attente, j'avais à l'employer pour rendre les gens heureux autour de moi… C'était naïf. C'était un peu dingue. La vie ne me semblait pas du tout longue dans cette attente, parce que je me sentais très occupée au jour le jour, et tout ça m'était un peu égal. Je sentais qu'on souffrait, et moi, je m'en tirais finalement en ayant une vie culturelle, au milieu de ces adultes qui souffraient. Ce n'était pas jojo, mais c'est seulement plus tard que je m'en suis aperçue.

Je crois qu'il y a tout de même quelque chose d'étrange chez moi, que les gens me reprochent sans le savoir, c'est qu'en effet c'est un peu aberrant, ce manque de méchanceté. Il y a un manque d'imagination pour supposer la méchanceté, ou un manque d'agressivité défensive vis-à-vis d'autrui, chez moi. Je ne peux pas être agressive consciemment. Bien sûr, les gens peuvent être « méchantés » (se sentir brusqués) par moi, mais je ne me suis jamais aperçue que je cherchais exprès à être méchante. Je ne pouvais même pas le projeter, ce sentiment, sur quelqu'un vis-à-vis de ma personne. C'est comme une infirmité. Je suis infirme en suppositions agressives, je me sens toujours prête à comprendre le point de vue ou les motivations des autres, différents des miens : prête à coopérer, mais pas à rivaliser. J'ai une agressivité pour atteindre ce que je désire, mais

Françoise et Boris Dolto en 1978.
(Photo A. de Andrade.)

je suis plutôt en défense passive et surtout question-née devant quelqu'un qui, je ne comprends pas pourquoi, exprime des sentiments négatifs à mon égard. C'est un peu lâche peut-être, en cas de conflit, de ne jamais agresser. Je trouve que c'est perdre son temps et son énergie, de se défendre en attaquant ou même de se justifier face à des attaques injustifiées. L'évitement des agressions, oui, mais pas agresser les autres ; je tiens à ce que je pense. Peut-être aussi que je ne suis jamais sûre d'avoir raison. Et puis, le plus souvent, je pense que si quelqu'un m'agresse, c'est parce qu'il me croit responsable de ce qui fait qu'il est malheureux. Ça me rend un peu triste, mais je ne me sens pas responsable. Toute petite, c'était déjà comme ça. J'ai peut-être animalement ou végétativement une très grande force physiologique en définitive, une sorte de narcissisme proto-archaïque. Ma mère me disait très sérieusement, d'un air vraiment réfléchi : « Je crois que tu es un monstre. » Je ne comprenais pas ce qu'elle voulait dire, surtout quand elle ajoutait : « Tu n'y peux rien. C'est en toi ! » Peut-être que c'est ça, cette force qui fait qu'il y a une dynamique calme, inébranlable, physiologique en moi, une force naturelle irréflé-chie. C'est comme ça. Je pense que c'est une carac-téristique de tous les enfants. C'est en cela peut-être que je ne me sens pas dépaysée avec eux. Ils ont toujours quelque chose en train comme désir, chacun suit son idée, alors ils n'ont pas de temps pour s'occuper du désir d'autrui. Mais, si j'ai gardé quelque chose des caractéristiques du raisonnement a-logique et fantasmatique des enfants, ce que je reconnais, je crois me soucier du désir des autres comme une adulte et même comme une vieille femme, car j'en ai l'âge. Les vieux aiment à voir des enfants heureux, des jeunes adultes en espérance. Ça les rajeunit, non ?

DU MÊME AUTEUR

Psychanalyse et Pédiatrie
Seuil, 1971
et « Points Essais », n° 69, 1976

Le Cas Dominique
Seuil, 1971
et « Points Essais », n° 49, 1974

L'Évangile au risque de la psychanalyse (t. 1)
(avec Gérard Sévérin)
Éditions universitaires, 1977
et « Points Essais », n° 111, 1980, 2002

Lorsque l'enfant paraît (t. 1)
Seuil, 1977
et « Points Essais », n° 571, 2007

Lorsque l'enfant paraît (t. 2)
Seuil, 1978
et « Points Essais », n° 572, 2007

L'Évangile au risque de la psychanalyse (t. 2)
(avec Gérard Sévérin)
Éditions universitaires, 1978
et « Points Essais », n° 145, 1982

Nouveaux Documents sur la scission de 1953
(avec Serge Leclaire)
Navarin, 1978

Lorsque l'enfant paraît (t. 3)
Seuil, 1979
et « Points Essais », n° 573, 2007

Au jeu du désir
Essais cliniques
Seuil, 1981
et « Points Essais », n° 192, 1988

Enfants en souffrance
Stock, 1981

La Foi
(avec Gérard Sévérin)
Éditions universitaires, 1981

Séminaire de psychanalyse d'enfants (t. 1)
(avec Louis Caldaguès)
Seuil, 1982
et « Points Essais », n° 220, 1991, 2002

La Foi au risque de la psychanalyse
(avec Gérard Sévérin)
Seuil, 1983
et « Points Essais », n° 154, 1983

L'Image inconsciente du corps
Seuil, 1984
et « Points Essais », n° 251, 1992, 2002

Séminaire de psychanalyse d'enfants (t. 2)
(avec Jean-François de Sauverzac)
Seuil, 1985
et « Points Essais », n° 221, 1991

La Difficulté de vivre
Carrère, 1986
Réédition : Gallimard, 1995

Dialogues québécois
(avec Jean-François de Sauverzac)
Seuil, 1987

L'Enfant du miroir
(avec Juan-David Nasio)
Rivages, 1987
Payot, 1992, 2006

Libido féminine
Carrère, 1987

Quand les parents se séparent
(avec Inès Angelino)
Seuil, 1988
et « Points Essais », n° 587, 2007

L'Éveil de l'esprit
Nouvelle pédagogie rééducative
Aubier, 1988

L'Enfant dans la ville
Z'éditions, 1988
Mercure de France, 1998

Séminaire de psychanalyse d'enfants (t. 3)
Inconscient et destins
Seuil, 1988
(avec Jean-François de Sauverzac)
et « Points Essais », n° 222, 1991

Autoportrait d'une psychanalyste
(texte mis au point par Alain et Colette Manier)
Seuil, 1989
et « Points », n° P863, 2001

Paroles pour adolescents ou le Complexe du homard
(avec Catherine Dolto-Tolitch)
Hatier, 1989
Réédition : Gallimard, « Giboulées », 1999, 2003
et « Folio Junior », n° 1453

Lorsque l'enfant paraît
(édition complète reliée)
Seuil, 1990

Solitude
Gallimard, 1994
et « Folio Essais », n° 393, 2001

Articles et conférences
T. 1 : Les Étapes majeures de l'enfance
Gallimard, 1994
et « Folio Essais », 1998

Articles et conférences
T. 2 : Les Chemins de l'éducation
Gallimard, 1994
et « Folio Essais », 2000

Articles et conférences
T. 3 : Tout est langage
Réédition : Gallimard, 1995, 2002

Destins d'enfants
Gallimard, 1995

Quelle psychanalyse après la Shoah ?
(en collaboration avec Jean-Jacques Moscovitz)
Temps du non, 1995

La Sexualité féminine
Gallimard, 1996
et « Folio Essais », 1999

La Cause des enfants
Robert Laffont, 1997
« Pocket », n° 4226, 2007

La Cause des adolescents
Robert Laffont, 1997
« Pocket », n° 4225, 2003

Le Sentiment de soi
Gallimard, 1997

Parler de la mort
Mercure de France, 1998

L'Enfant et la Fête
Mercure de France, 1998

Articles et conférences
T. 5. Le Féminin
Gallimard, 1998

L'Enfant, le Juge et la Psychanalyse
(avec André Ruffo)
Gallimard, « Françoise Dolto », 1999

Le Dandy, solitaire et singulier
Mercure de France, « Le Petit Mercure », 1999

La psychanalyse nous enseigne qu'il n'y a ni bien
ni mal pour l'inconscient : 30 décembre 1987
(avec Jean-Jacques Moscovitz)
Temps du non, 1999

Jeu des poupées
Mercure de France, « Le Petit Mercure », 1999

Les Évangiles et la Foi au risque
de la psychanalyse (t. 2)
Gallimard, 2000

Père et Fille
Une correspondance (1914-1938)
Mercure de France, 2002

Parler juste aux enfants
Entretiens
Mercure de France, 2002

Entretiens
Les Images, les mots, le corps
(avec Jean-Pierre Winter)
Gallimard, « Françoise Dolto », 2002

Lettres de jeunesse (1913-1938)
Gallimard, 2003

La Vague et l'Océan
Séminaire sur les pulsions de mort (1970-1971)
Gallimard, « Françoise Dolto », 2003

Une vie de correspondance
(1938-1988)
(édition établie et présentée par Muriel Djéribi-Valentin)
Gallimard, « Françoise Dolto », 2005

Mère et fille
Une correspondance (1913-1962)
Mercure de France, 2008

Archives de l'intime
Gallimard, 2008

Une psychanalyste dans la cité
L'aventure de la Maison verte
Gallimard, 2009

RÉALISATION : IGS-CP À L'ISLE-D'ESPAGNAC
IMPRESSION : NORMANDIE ROTO IMPRESSION S.A.S. À LONRAI
DÉPÔT LÉGAL : FÉVRIER 1999. N° 36425-8 (1803286)
IMPRIMÉ EN FRANCE

Éditions Points

Le catalogue complet de nos collections est sur Le Cercle Points, ainsi que des interviews de vos auteurs préférés, des jeux-concours, des conseils de lecture, des extraits en avant-première…

www.lecerclepoints.com